KB146538

김환태 비평 연구

장도준

대구가톨릭대학교 국어국문학과 교수(1990~)
연세대학교 문학박사(1990)

저서

『정지용시 연구』(1994)
『현대시론』(1994)
『우리 시 어떻게 읽을 것인가』(1996)
『한국 현대시의 전통과 새로움』(1998)
『한국 현대시 교육론』(2003)
『한국 현대시의 화자와 시적 근대성』(2004)
『문학과 정신분석 비평』(2009)
『한국 현대시의 제문제』(2010)
『현대 문학 비평론』(2011)
『문학의 이해』(2012)
등이 있고 이외에 다수의 공저와 논문이 있음.

김환태 비평 연구

초판 1쇄 인쇄 | 2014년 12월 16일
초판 1쇄 발행 | 2014년 12월 26일

지은이 | 장도준
펴낸이 | 지현구
펴낸곳 | 태학사
등 록 | 제406-2006-00008호
주 소 | 경기도 파주시 광인사길 223
전 화 | 마케팅부 (031)955-7580~82 편집부 (031)955-7585~89
전 송 | (031)955-0910
전자우편 | thaehak4@chol.com
홈페이지 | www.thaehaksa.com

ISBN 978-89-5966-667-6 93810

* 이 저서는 2013년도 대구가톨릭대학교 교내연구비 지원에 의한 것임.

김환태
비평
연구

장도준

태학사

책머리에

눌인(訥人) 김환태는 일제 식민지의 암담한 시대에 태어나 짧은 생애(1909~1944)를 살았으면서도 이 땅의 비평사에 커다란 족적을 남긴 비평가였다. 그는 서구의 심미적 비평의 중심에 있었던 매슈 아놀드와 월터 페이터, 에드가 앨런 포우 등을 우리 문단에 본격 소개한 최초의 비평가로 위기에 처해 있었던 당시의 비평계에 새로운 방향과 활력을 불어넣은 순수문학의 주창자였다.

카프 중심의 프로비평이 지나친 이념적 목적의식과 도식성, 정치 논쟁성으로 인하여 문학을 정치사상의 도구로 전락시킴으로써 오히려 식민지 조선의 특수한 현실과는 괴리를 가져왔고, 창작적 실천에도 결부되지 못한 관념적 주석에만 열중하였기 때문에 문단 내외적 상황 속에서 위기에 봉착해 있었다. "생경한 슬로건과 테제만을 주입시키려다 도리어 작품을 반신불수로 만들어 왔다."는 이기영의 비판이나, 프로비평 활동의 결과 "얻은 것은 이데올로기요 잃은 것은 예술 자신이었다."고 한 박영희의 반성은 바로 그들 스스로를 향한 통렬한 반성이었다고 할 것이다. 이러한 비평의 위기 속에서 공백기에 처한 비평계에 새로운 방향을 제시한 이가 김환태였던 것이다.

그는 프로비평에 의해 일방적으로 끌려 다녔던 창작계에 "비평력은 창조력보다 열등하다."는 신선한 명제를 제시하였고, 비평 행위를 '몰이해적 관점'으로 파악하여 비평의 순수성을 강조함으로써, 이념의 시녀로 전락한 그간의 비평의 역할에 자유를 얻게 하였으며, 스스로 예술지상주의자를 자처하면서도 "인생에 대한 사랑과 예술에 대한 사랑을 융합시키고 생활과 실행의 정열을 문학과 결합시키는" 인생비평가로서의 균형 잡힌 시각을 견지함으로써, 문학이 지향해야 할 나름의 대체 사상을 제시하려 했다는 점에서 그의 비평의 의미를 찾을 수 있을 것이다.

물론 그의 비평에 대해 여러 한계를 지적할 수도 있겠으나 우리 비평이론이 형성 발전해 나가는 중요한 시기에 눌인의 순수문학론이 자리할 수 없었다면 우리 문학사에 메울 수 없는 큰 공백이 남아 있었을 것임은 분명하다 하겠다.

눌인에 대한 연구는 지금까지 다양하게 이루어져 왔지만 비평사적 의미에서 볼 때 정밀한 조사나 연구가 미흡한 것도 사실이다. 본 연구는 주로 눌인의 규슈제국대학 졸업논문을 중심으로 한 것이다. 본 연구자가 졸업논문을 비롯한 눌인의 여러 자료를 입수한 지가 벌써 20년이 되었지만 그 동안 본격적인 검토를 차일피일 미루어 오다가 이제야 연구를 포함하여 그와 관련된 자료를 정리하게 되었다.

눌인의 대학 졸업논문은 그의 비평 연구에 매우 중요한 문서다. 이 자료가 중요한 이유는 그가 졸업논문에서 연구한 내용이 그의 향후 비평 활동의 근간이 되면서 전개되었기 때문이다. 또 하나의 이유는 졸업논문의 전모에 대한 파악은 지금까지의 김환태 연구자들이 왕왕 저지르는 그의 텍스트에 대한 오독을 줄일 수 있다는 것이다. 또한 그의 졸업논문과 그 후의 비평 활동을 통해 우리의 근대문학에 대한 지식형성사 내지는 지형도를 이해하는 데에도 의의를 가질 수 있으리라 생각된다.

본 연구는 제1부에 본 연구자의 연구를 담았고, 제2부에는 졸업논문과 긴밀한 관련이 있는 그의 비평문을 실었다. 이 비평문들은 기왕에 출간된 것을 단순히 옮겨 실은 것이 아니라 발표 당시의 원문을 그대로 살렸을 뿐만 아니라 기왕의 출간본에서 오독되었거나 누락된 상당 부분을 재판독하여 수정 보완한 것이다. 원전비평의 소중함이 새삼 느껴진 작업이었다. 제3부에서는 눌인의 졸업논문의 영문 필기체 원본을 현대 활자본으로 옮겨 번역하여 실었다. 또한 눌인의 작품 연보도 새롭게 보완하여 실었다. 기왕의 자료에 상당 부분 추가하였고 눌인의 것으로 잘못 알려져 실린 목록도 있어 삭제한 것도 있다. 눌인의 생애에 대한 연보도 기왕의 것을 일부 보완하여 실었다. 눌인에 대한 연구에 조금이나마 보탬이 되었으면 한다. 강호제현의 질정 부탁드린다.

　본 연구와 자료 번역은 수년 전에 이루어졌으나 이러저러한 사정으로 이제야 출간하게 되었다. 이 책을 출간하는 데도 여러 분의 도움이 있었다. 원고를 정리해 준 김은정, 안현경 두 제자에게 고마움을 전한다. 학구적 성실함을 상찬하는 바이다. 또 어려운 출판 사정에도 본 저서를 출간해주신 태학사의 지현구 사장님과 편집부 여러분께 감사드린다. 지 사장님과의 인연은 벌써 오래이기도 하다.

　눈이 부시게 맑은 캠퍼스의 가을 하늘이다.

2014. 10. 19.

금락동 연구실에서

차례

김환태의 일본 규슈대학 졸업논문에 나타난 매슈 아놀드와 월터 페이터의 비평

Matthew Arnold
and
Walter Pater
as Literary Critics

Matter and Form

Mr. Arnold treated mainly the matter of poetry and it is likely to be said that he didn't pay his attention to the literary form and technique. But it is a great mistake to think that he never paid his attention to it. He didn't content with saying only that poetry is 'a criticism of life', but added that 'poetry

I. 서론

교토(京府) 도시샤(同志社) 대학의 예과를 거처 후쿠오카(福岡)의 규슈(九州)대학 법문학부에 영문전공(英文專攻)으로 입학(1931.4.8)하여 1934년 3월 31일에 졸업한[1] 김환태(1909~1944)는 졸업논문으로 Matthew Arnold and Walter Pater as Literary Critics(문예비평가로서의 매슈 아놀드와 월터 페이터)를 제출했다. 그는 1931년 이 대학에 입학하여 1934년(25세)에 졸업한 것으로 되어 있다.

그의 표현에 의하면 "3학년(三學年) 2학기(二學期)가 닥처 창황(愴惶)히 「매튜-아-놀드」와 「페이터」를 되는둥마는둥 얽어매어 졸업논문(卒業論文)입내 하고 내어놓고는 쫓겨"[2] 나와서 귀국하여 비평 활동을 시작한다.

귀국 후 그가 처음 선보인 평론은 「문예비평가의 태도에 대하야」(『조선일보』 1934. 4. 21~22)라는 짧은 글인데, 이 글은 그의 졸업논문의 요약이자 향후 그의 비평이 지향할 내용을 압축해서 담고 있다.

이후 그의 비평은 '되는둥마는둥' 얽어매었다는 졸업논문의 기조 속에서 조금씩 색깔과 강조점이 바뀌면서 전개되는데, 그러므로 그의 비평의 출발선에서의 내용이 어떠했는가를 이해하는 것은 대단히 중요하다. 출발지에서 그의 문학이 무엇을 수용하고 그것을 어느 범위

---

1 김환태의 九州大 학적부에 의함.
2 김환태, 「外國文人의 諸像 - 내가 영향 받은 외국 작가」, 『朝光』 5권 3호(1939. 3. 1), 259면.

에서 어떻게 이해했으며, 제대로 이해했는지에 대한 파악은 이후의 비평 활동의 전개 과정에서 이론의 무장 수준이나 오해와 왜곡 여부에 대해 종종 논란이 되고 있는 문제를 해명하는 데 중요한 근거가 되기 때문이다. 즉 김환태가 매슈 아놀드(1822~1888)에 대해 '깊이 있게 이해하지 못했다'든가 '자신의 글을 위해 아놀드의 필요한 부분만 받아들였다'든가 라는 평가들이 있는데, 이러한 평가들에 선행하여 그 이해의 중요한 기본 자료라 할 수 있는 대학 졸업논문에 대한 선행 논의를 좀더 충실히 했더라면 하는 아쉬움이 있는 것이다.

사실 김환태 비평의 이론적 전개는 그의 생애가 짧기도 했지만, 대학 졸업논문의 범주를 크게 벗어나지 않았다고 할 때, 그의 대학 졸업논문에서의 매슈 아놀드나 월터 페이터(1839~1894)에 대한 이해는 그의 비평 수준과 방향을 가늠하는 중요한 근거가 된다. 사정이 이러함에도 지금까지 김환태의 졸업논문에 대한 논의는 제대로 이루어지지 않았거니와 그나마 김환태의 월터 페이터에 대한 부분은 졸업논문을 떠나서라도 간단한 언급 이외에는 거의 연구되지 않고 있는 실정이다. 이은애의 석사학위 논문 「김환태의 인상주의 비평 연구」[3]에서 김환태의 졸업논문에 대한 언급이 있기는 하지만 직접 다루지는 않았고,[4] 김윤식 교수가 「김환태 비평의 비평사적 의의」[5]에서 졸업논문의 내용을 다루고는 있으나 졸업논문의 목차를 밝히고 소략한 비판적 소개 정도에 그친다.

그러므로 그의 졸업논문은 한 문학적 지식인이 외국 유학 과정을

---

3 이은애, 「김환태의 인상주의 비평 연구」, 서울대 석사논문(1985).

4 이후 김환태의 일본유학 관련 자료 및 졸업논문에 대한 간략한 해제가 이은애에 의해 문예지에 소개 되었지만 간략한 소개 정도에 그친다. 이은애, 「이데올로기의 늪에서 핀 '순수문학'에의 열정」, 『서정시학』 2010 여름.

5 김윤식, 「김환태 비평의 비평사적 의의」, 『문학사상』(1986. 5.)

통해 어떻게 지식을 습득하고 그 결과 그것을 하나의 지식으로 어떻게 텍스트화했는지를 이해할 수 있을 뿐만 아니라, 근대 초기의 지식 수용사 내지는 지식 형성사의 한 지형도를 그리는 데 있어서도 중요한 의의를 가진다 하겠다. 또한 그러한 지식이 향후 그의 또 다른 비평 활동을 통해 어떻게 재가공되거나 새롭게 변형·재창조되었는지를 파악하는 상호텍스트적 작업도 필요하리라고 본다.

그러므로 본 연구는 김환태가 아놀드와 페이터로부터 받은 영향 관계만이 아니라, 그가 아놀드와 페이터의 비평 세계를 어떻게 이해하여 그의 비평으로 전개했는지를 살피려는 것을 목적으로 한다.

II. 매슈 아놀드 비평

1. 매슈 아놀드의 수용과 비평사적 의의

김환태는 일본 九州大에서 '영문전공'으로 졸업하면서 학위 논문으로 매슈 아놀드와 월터 페이터에 관한 논문을 제출하게 된다. 졸업식을 앞두고 귀국하여, 졸업논문의 요약이라 할 수 있는 비평론 「문예비평가의 태도에 대하야」(『조선일보』 1934. 4. 21~22)를 발표하면서 평론가로서 본격적으로 활동하기 시작한다. 그리고 그 후 「매튜 아놀드의 문예사상 一考」(『조선중앙일보』 1934. 8. 24~9. 2)와 「형식에의 痛論者 - 페이터의 예술관」(『조선중앙일보』 1935. 3. 30~4. 6)을 발표하게 된다.

졸업논문을 비롯한 매슈 아놀드에 대한 김환태의 비평은 우리 비평사에서 매슈 아놀드를 본격적으로 수용한 최초의 경우라고 하겠다. 그 이전에 김기림의 언급이 있었지만 괴테의 말을 아놀드의 시집(1852년판 서문)에서 재인용하여 언급한 정도였고,[6] 모더니스트 비평가 최재서의 아놀드에 대한 언급이 있었지만 1935년 「자유주의 몰락과 영문학」(『조선일보』 1935. 5. 15~20)에서 간단히 언급한 수준이었으며, 좀 더 진전된 논의는 1954년부터 집필하기 시작한 『문학원론』을 통해서였다.[7] 그러므로 김환태가 그의 졸업논문과 그 후의 평

---

6 김기림, 「1933년의 시단의 회고와 전망」, 『조선일보』 1933. 12. 7~13.

론들을 통해 발표한 아놀드에 대한 논의는 당시로서는 가장 본격적이고 심화된 논의로서 당대 우리 문단이 처한 상황에서 유용한 자양으로서의 의의를 가지게 된다. 김환태가 아놀드를 대학 졸업논문의 주제로 정하게 된 동기는 무엇인가.

2학년(二學年)이 되면서는 미학(美學)과 예술철학(藝術哲學)이 주(主)로 나의 독서(讀書) 범위(範圍)였다. 그리하야 학교(學校) 도서관(圖書館)의 도서(圖書) 분류목록(分類目錄) 중(中)의 미학(美學)과 예술철학(藝術哲學)의 항목(項目)에 있는 서적(書籍)을 대학(大學)을 졸업(卒業)할 때까지에 전부(全部) 독파(讀破)하랴는 턱없는 계획(計劃)을 세우고, 우에다(植田)박사(博士)의 「예술철학(藝術哲學)」, 아베(阿部) 교수(教授)의 「미학(美學)」을 비롯하야 『테-느』의 「예술철학(藝術哲學)」, 『톨스토이』의 「예술론(藝術論)」, 『을크로-체』의 「미학(美學)」, 『그로-세』 「예술(藝術)의 시원(始原)」, 『레씽』의 「라오-코」, 『규이요』의 「사회학(社會學) 상(上)으로 본 예술(藝術)」, 『피-들러』의 「예술론(藝術論)」, 「예술활동(藝術活動)의 기원(起源)」 등(等)을 되는대로 난독(亂讀)하다가 예정(豫定)하였든 십분지일(十分之一)도 못 읽은 동안에 3학년(三學年) 2학기(二學期)가 닥쳐 창황(愴惶)히 『매튜-아-놀드』와 『페이터』를 되는둥마는둥 얽어매어 졸업논문(卒業論文)입내 하고 내어놓고는 쫓겨나왔다. 그런데 나온 후(後) 나는 소설가(小說家)가 되랴든 이상(理想)과는 었빗두러저, 평론(評論)이랍쇼 하고 무엇을 끄적어리게 되고 보니, 직접(直接) 글쓰는 데 울여먹는 것은 이때까지 읽은 문학작품(文學作品)보다도 문학론(文學論)이나 예술론(藝術論)이다.[8]

---

7 최재서, 『문학원론』(춘조사, 1957).
8 김환태, 「外國文人의 諸像」, 259면.

위의 진술로 보아 졸업논문을 쓰게 된 사연을 어느 정도 엿볼 수 있겠다. 김환태가 이렇게 '창황히' 졸업논문을 제출하고 스스로 '쫓겨 나왔다'고 표현한 졸업논문의 주제 선정은 우선 무엇보다 그의 문학적 취향과 관련된 것이겠지만 그 창황함을 해결해 줄 만큼 九州大의 학문적 분위기와 관련된 부분도 있을 것이다. 즉 김윤식 식의 표현을 빌리면 "제국대학 영문학 전공의 수준에서 조금도 벗어나지"[9] 않을 만큼 김환태가 재학했던 구주대의 강의와 연구 분위기, 그리고 당시의 일본의 제국대학의 지적 분위기와 직접 연결되기도 했을 것이다.

당시 일본 대학들의 강의나 연구 분위기는 대체로 19세기의 바이런, 키츠, 워즈워드, 셸리 등 낭만주의 문학이나 매슈 아놀드나 월터 페이터 등의 빅토리아조의 비평가나 심미비평가들에 기울어져 있었다. 이러한 사정은 九州大의 경우도 비슷한데, 그 강의 제목을 보면 김환태의 1학년 때 영문학 과목으로 Chaucer나 Marlowe's Works, Spenser, Dickens 등의 관련 강좌가 개설되어 있었고, 영어학 과목으로 15세기에서 19세기까지의 영국 단편소설. G. B. Shaw의 작품에 대한 강독 등의 강좌 외에 1 · 2학기에 걸쳐 개설된 도요다(豊田) 교수의 英文學 講義及演習과목인 빅토리아 시대의 영문학사(History of English Literature) 강의와 도요다 교수의 셸리시 강의가 1 · 2학기에 개설되어 있다. 2학년 때는 밀턴, 토마스 하디의 테스, 셰익스피어의 햄릿, 키플링 등의 과목이 개설되어 있다. 1932년 1월과 9월에 제출된 졸업논문 22편 가운데 토마스 하디에 관한 것(5편) 등 강의에 관련된 내용이 많고 셸리에 관한 논문이 1편이 눈에 띈다.[10]

3학년 때는 초서와 키츠, Restoration Tragedies, Galsworthy,

---

9 김윤식, 「김환태 비평의 비평사적 의의」, 『문학사상』(1986. 5), 『김환태전집』(문학사상사, 1988), 417면.

10 『九州帝國大學 英文學會會報』 제5호(1932. 10).

Masefield, Stevenson에 관한 강의가 개설되어 있고, 1933년 3월과 10월에 제출된 논문으로 여전히 주로 강의와 관련된 주제가 눈에 띄고 워즈워드와 키츠에 대한 논문이 각각 2편과 1편이 있고 「On Pater's Renaissance - Pater as a Critic」라는 페이터에 관한 논문도 보인다.[11]

김환태가 졸업한 1934년 3월에 제출된 논문에는 바이런, 워즈워드, 키츠, 코울리지, 로맨티시즘 등 유독 낭만시인들에 관한 것들이 많이 보이고 매슈 아놀드에 관한 논문은 김환태를 포함하여 무려 3편이나 제출된다.[12]

이러한 사실을 미루어 볼 때 김환태는 재학 중 도요다 교수의 영향을 많이 받았던 것 같고 당시 일본 대학의 지적 분위기와 더불어 그의 취향과 문학가로서의 진로에 대한 생각, 당시의 조선 문단의 현실 등이 아놀드와 페이터를 주제로 선택하게 했을 것이다. 그리고 그의 회고에서도 밝히고 있듯이 쿠리야가와 하쿠손(厨川白村)의 『近代文學十講』과 『近代文學十二講』, 그리고 우에다(植田) 박사의 『예술철학』, 아베(阿部次郎) 교수의 『미학』 등의 영향이 직·간접으로 작용했을 것이다.[13] 또한 당시 도이 고치(土居光知)가 주석을 붙인 아놀드의 저서 『Essays in Criticism』이 1935년에 벌써 4판이 인쇄되었을 정도였으니[14] 일본 학계의 아놀드에 대한 관심과 당시 지식인 사회의 지적 분위기를 짐작할 수 있을 것이다.

그렇다면 김환태의 비평이 등장하여 일정한 역할을 수행할 수 있

---

11 위의 회보, 제6호, 1933. 12.
12 위의 회보, 제7호, 1935. 12.
13 김환태, 「外國文人의 諸像」, 259면.
14 Mattew Arnold, *Essays in Criticism*, 土居光知 주석, 東京: 硏究社, 제4판, 1935(昭和 10년). 초판은 大正 12년(1923년) 발행.

었던 1930년대의 문단 상황은 어떠했던가. 1930년대는 카프가 불법화되면서 1935년 강제 해산된다. 강제 해산은 물론 일제의 탄압의 결과였지만, 프로문학 비평의 그 간의 활동 또한 문단 내에서 많은 문제를 노정시키고 있기도 했다.

비평의 지나친 이념적 목적의식과 도식성, 政論性은 문학을 정치 사상의 도구로 전락시킴으로써 오히려 식민지 조선의 특수한 현실과는 괴리를 가져왔고, 창작적 실천에도 결부되지 못한 관념적 주석에만 열중하였기 때문에 작품으로서 제대로 형상화될 수 없었다. 그들의 비평에 대해 "생경(生硬)한 슬로강과 테제만을 무리(無理)하게 주입(注入)식히라다가 작품(作品)을 반신불수(半身不遂)로 만드러 왔다"[15]고 한 민촌의 비판은 프로문학 비평이 가진 문제점의 핵심을 정확하게 지적한 것이라 하겠다.

프로문학 비평이 주도하던 평단은 프로비평이 이와 같은 문제와 정치 탄압 속에서 퇴조함으로써 문단은 비평의 공백기를 맞게 되었고 비평 정신의 결여와 비평의 사유화로 20년대 비평의 잔해 속에서 허덕일 때 문단은 비평의 SOS를 부르짖지 않을 수 없게 된다.

이 때 등장한 이가 김환태이다. 그는 프로문학이 퇴조함에 따라 새로운 비평적 모색을 하는 전형기에 하나의 대안으로 출현하게 된 것이다. 그가 문단에 수용된 이유는 첫째, 그간 프로비평에 의해 일방적으로 끌려다녔던 창작계에 대해 "비평력은 창조력보다 열등하다"는 매우 신선한 명제를 내세움으로써 겸손한 자세를 취했다는 점, 둘째, 비평 행위를 '몰이해적 관점'으로 파악하여 순수문학적 입장을 견지함으로써 이념의 시녀로 전락한 그 간의 비평의 역할에서 자유를 얻게 한 점, 셋째, 그럼에도 불구하고 그가 문학을 '인생비평'으로 파

---

15 이기영, 「문예평론가와 창작비평가」, 『조선일보』 1934. 2. 3.

악함으로써 프로비평의 계급적 이념성과는 구별되면서도 문학이 지향해야 할 나름의 대체 사상을 제시한 점이라 할 것이다.

2. 졸업논문에 나타난 매슈 아놀드 비평

2.1. 비평의 능력과 창조의 능력

김환태가 학위논문에서 다룬 아놀드 비평의 핵심은 첫째, 비평의 능력이 창작 능력보다 낮은 단계라는 것과, 둘째, 사심 없음(disinterested) 혹은 몰이해적(沒利害的)비평관, 셋째, 인생의 비평에 대한 것이다. 이 모두는 물론 매슈 아놀드의 중요한 내용이지만, 사심 없음이나 인생의 비평이 아놀드 비평의 더욱 핵심적인 내용이라면, 비평능력의 상대적 열등성을 굳이 강조한 배경에는 아놀드의 문학관 못지 않게 김환태의 비평적 태도가 잘 반영된 것으로 보인다. 김환태가 평단에 등장할 당시의 한국 문단은 프로문학에 의한 정론적 도식주의가 작품을 거칠게 재단하고 있었으므로 이러한 문제의식에서 비롯되었을 것이다. 그의 창작 우위론 내지는 비평 열등성이라는 의식은 그의 비평론과 실제비평에서 일관해서 지속된다.

주지하듯이 아놀드는 비평 능력보다는 창작 능력의 우위성을 강조했다.

비평 능력은 창작 능력보다는 낮은 단계이다.
The criticism of Literature is of lower rank than the creative[16]

---

16 김환태, Mattew Arnold and Walter Pater as Literary Critics, 九州大學 미간행

이것은 원래 워즈워드의 주장이었지만[17] 아놀드가 창작 능력을 비평 능력보다 우위에 둔 이유는 자신을 포함한 현대 시인이 처한 상황 때문이었다. 그는 빅토리아 시대의 급격한 변화와 가치 혼란을 목격하면서 현대를 병적인 시대라고 진단하고 현대의 시인은 지나치게 자기 성찰적이어서 심각한 내적 고민에 빠진 나머지 스스로를 내적 독백 속으로 몰아넣어 병적이고 괴로운 시를 쓰고 있다고 진단한다. 훗날 최고의 명작으로 평가받은 시 「에트나 화산 위의 엠페도클레스」를 자신의 시집에서 빼버리고 지나치게 내면적인 고민에 빠진 작품이라고 스스로 평가절하하였고, 다시는 그러한 괴로운 시를 쓰지 않겠다고 하여 시 쓰기를 포기하고 비평 활동을 하게 된 이유도 그러한 상황인식과 관계 있는 것이다.[18] 그에게 최고의 시는 위대한 행위를 보여주는 그리스의 고전 시와 그 정신을 꼽았으며 현대 시인의 시적 성취란 내면의 응시와 자기 성찰에 국한된다는 점에서 그 성취를 부정적으로 보았던 것이다. 아놀드가 창조 능력의 우위를 단언하고 있지만 '시 창작'을 버리고 비평으로 나아간 동기에서도 알 수 있듯이 그는 제대로 된 창작을 위해서는 비평이 선행되어야 한다는 점을 오히려 강조하기도 한다.

그러므로 창조적 능력이 자유롭게 작동하기 위해서는 분위기를 가져야 하며, 사상의 체제 가운데에서 그 자신을 찾아야만 한다. 창작력은 그 자신의 통제하에 있지는 않다. 그것들은 비평력의 통제 속에 있는 것이다. 창조적 활동의 행복한 실행을 위해 '창조력이 그 스스로 유용하

졸업논문, 1934, p.4. 이하 김환태의 대학 졸업논문은 '졸업논문'으로 표기.

17 Mattew Arnold, *Essays in Criticism*, p.2.

18 Mattew Arnold, Preface to the First Edition of Poems(1853), A. Dwight Culler, ed. *Poetry and Criticism of Matthew Arnold*, Boston: Houghton, 1961, pp.202-205.

게 이용할 수 있는 지적 상황을 만들고 사상의 체제를 확립하는 것이 비평력이 하는 일이다.(현대에 있어서 비평의 기능)

The creative power, therefore, must have the atmosphere, it must find itself amidst the order of ideas, in order to work freely; and there are not in its own control. They are more within the control of the critical power. And it is the business of the critical power, for the creative activity's happy exercise, 'to make an intellectual situation of which the creative power can profitably avail itself and to establish an order of ideas' (The Function of Criticism at Present Time)[19]

아놀드는 창조력이 작동하는 요소는 사상(ideas)이며, 창조적 문학의 천재가 걸작을 창조하기 위해서는 어떤 지적・영적 분위기에 의하여, 또 사상의 어떤 체제에 의하여 행복하게 고취되지 않으면 안 된다고 하면서, 창작력은 비평력의 통제 속에 있으며, 비평력은 창조력을 위한 지적 상황과 사상의 체제를 확립해야 한다고 주장한다.

즉 훌륭한 창작을 위해서는 분위기(atmosphere)와 사상(ideas)의 체제가 선행되어야 한다는 것이다. 결국 걸작은 문학의 천재에 의한 것이지만, 그러한 천재도 사상을 창안하는 사람은 아니며, 사상의 분위기 없이는 창작 능력도 무력하다는 것이고, 역으로 말하면 비평의 부실이 창작의 부실을 가져온다는 말이 된다. 그는 "창작력은 비평력의 통제 속에 있다"고 엄숙히 선언하고 있는 것이다. 결국 비평력은 사상의 체제를 확립해야 하고 창작력은 사상에 의해 작동된다 할 때, 비평력의 부족은 창작력의 부족으로 이어지게 된다. 그러므로 비평력의 결핍이 창작력의 결핍이 된다는 상관관계가 성립된다. 이렇게

---

19 졸업논문, p.6.

볼 때 아놀드가 "비평능력은 창작 능력보다 낮은 단계의 것이다."라고 한 언명 속에는 사실은 창작에 대한 비평의 우위성을 강조하는 논리도 숨겨져 있는 것이다.

비평과 창작과의 관계에 대한 아놀드의 견해는 마찬가지로 김환태의 졸업논문의 핵심의 하나다. 김환태는 졸업논문을 제출한 후 바로 귀국하여 비평 활동을 시작하는데, 그 첫 비평문이 「문예비평가의 태도에 대하야」(『조선일보』1934. 4. 21~22)이다. 이 글은 사실 그의 졸업논문의 상당 부분을 그대로 요약하여 싣고 있으면서도 졸업논문과 달리 그의 비평관을 새롭게 덧붙여 이후의 그의 비평관을 일관하는 내용을 담고 있다. 그는 이 글에서 '몰이해적 관심'이라는 개념을 강조하면서 "비평 능력은 창작 능력보다는 낮은 단계이다."라는 졸업논문에서의 선언적인 언명을 드러내지 않는다. 또한 창작력은 비평력의 통제하에 있다고 말하지도 않는데 그 대신 비평가는 예술가라는 비평예술가론이나 순수주관론이나 세련된 주관론과 같은 작품 수용론의 문제나 비평가의 겸양의 태도 등을 강조함으로써 프로문학파의 고압적 재단 비평이나 과학주의에 맞서는 이론적 발판을 마련하고 있다.

그리고 두 번째 평론 「매튜 아놀드의 문예사상 일고」(『조선중앙일보』1934. 8. 24~9. 2)에서는 창작력과 비평력의 관계와 관련된 부분에서 졸업논문을 조금 삭제 변형한, 작지만 약간의 변화를 확인할 수 있는데 이를 통해 그의 창작계에 대한 배려 내지는 비평 주도의 프로문학에 대한 거부의식을 암암리에 느낄 수 있다.

> 그리하야 창작력(創作力)을 위(爲)하야 분위기(雰圍氣)를 준비(準備)하야 주고 관념(觀念)의 계열(系列)을 공급(供給)하는 것은 비평력(批評力)이요 창작력(創作力) 그 자신(自身)은 아니다.

즉(即) 창작력(創作力)의 자유(自由)로운 활동(活動)을 위(爲)하야 「창작력(創作力)이 이용(利用)할 수 잇는 지적(知的) 경위(境位)를 조출(造出)하고 관념(觀念)의 계열(系列)을 건설(建設)하는 것」이 비평력(批評力)의 임무(任務)다.[20]

창작력은 비평력의 통제에 있다는 졸업논문의 부분은 삭제하고 있는데 이러한 미묘한 차이에 의해서도 그의 비평관과 인격의 한 모습을 확인할 수 있을 것이다. 당시 프로 비평가들이 압도하고 있던 이념 과잉의 헤게모니를 작가들에게 돌려주고, 특히 신인 작가들의 창작 활동을 비평가로서 격려 지원하려는 비평의식과 배려가 깔려 있는 것이다.

그는 더 나아가 비평 산파론과 비평가 변호인론을 주장하는 데까지 나아간다.

진정(眞正)한 비평가(批評家)는 창작욕(創作慾)의 발동(發動)과 창작능력(創作能力)의 건전(健全)한 발달(發達)에 가장 적당(適當)한 분위기(雰圍氣)를 준비(準備)하여 주며 작품(作品) 생산(生産)에 잇서서 가장 필요(必要)한 태교법(台敎法)과 출산법(出産法)을 갈으켜 주는 문학적(文學的) 생산(生産)에 잇서서 창작력(創作力)에 못지 안케 중요(重要)한 기능(機能)을 가지고 잇는 것이라는 것을 간과(看過)하여서는 안 된다.[21]

태교법과 출산법을 가르쳐 주는 역할을 함으로써 비평가가 교사의 역할이 아닌 친정어머니나 산파의 역할, 혹은 희랍의 철학적 산파를

---

20 김환태, 「매튜 아놀드의 문예사상 일고」, 『조선중앙일보』 1934. 8. 24~9. 2,
21 김환태, 「作家, 評家, 讀者」, 『조선일보』 1935. 9. 13.

자처했던 소크라테스의 역할을 강조하고 있다. 이는 사실은 겸손함과 작가에 대한 우의적 자세를 드러내면서도 비평가로서의 역할에 대한 긍지와 자부심이 강하게 내포된 발언이라 하겠다.

비평(批評) 그것은 작품(作品)의 뒤를 딸르는 것이오, 결(決)코 압스지 못한다. 그럼에도 불고(不顧)하고 프로 비평가(批評家)들은 언제나 작가(作家)의 입법자(立法者)가 되고, 재판관(裁判官)이 되랴 하엿다. (……)

그러나 진정(眞正)한 비평가(批評家)는 한 작품(作品)에 판결(判決)을 나리는 재판관(裁判官)보다도 변호인(辯護人)이 되여야 한다. 한 작품(作品)의 잇는 그대로의 얼골을 보랴면은 평자(評者)는 『맷슈-아-놀드가』 말한 「몰이해적(沒利害的) 관심(關心)」과 가장 유연성(柔軟性) 잇고 가감성(可感性) 잇는 심적(心的) 「포즈」로 그 작품(作品)에 몰입(沒入)하지 안흐면 안 된다.[22]

그의 비평은 종래의 비평이 보여준 과학주의를 앞세운 현학적 재단비평의 정론적 위압성에서 벗어나 비평이 창작을 도와주고 격려하는 창조적 조력자의 역할을 하려 했다는 점에서 비평과 창작의 건강한 관계에 대한, 그리고 창작에 또 하나의 창작자로서의 관계를 맺도록 새로운 방향을 처음 제시한 의의를 가진다. 이러한 태도는 편견없는 비평으로서의 '몰이해적 관심'으로 자연스럽게 이어지게 되는 것이다.

---

22 위의 글, 『조선일보』 1935. 9. 5.

2.2. 몰이해적(沒利害的) 관심

　김환태가 졸업논문에서 논의하고 있는 아놀드 비평의 두 번째 중요한 주제는 '몰이해적 관심'이다. 졸업논문에서는 'disinterestedness'라고 표기되어 있는데, 그가 귀국 후 처음 발표한 「문예비평가의 태도에 대하야」에서는 '몰이해적 관심'으로 「매튜 아놀드의 문예사상 일고」에서는 '무관심적 관심'으로 바꾸어 쓰고 있다. 김환태는 졸업논문에서 아놀드의 '몰이해적 관심'에 대해 다음과 같이 언급한다.

　　이에 아놀드 씨는 우리들이 비평의 과정에서 지켜야할 법칙을 정리하여 그 법칙을 한 마디로 몰이해적 관심이라는 말로 요약하였다. '비평이 어떻게 몰이해적 관심을 드러내는가'에 대한 자문에 답하여, 그는 대답하기를 '소위 "사물의 실제적인 관점"으로부터 초연함으로써, 그리고 사물 자체의 본성의 법칙을 철저히 따름으로써, 마음이 닿는 모든 주제에 대하여 자유로운 마음의 유희를 얻는 것이다.'(현대에 있어서 비평의 기능)

　　'진실하고, 참신한 사상의 흐름을 창조하기' 위하여 '비평은 순수한 지적인 영역을 유지해야 하며', '실제로부터 분리되어야' 하며 '직접적으로 논전적이거나 논쟁을 일삼아서는' 안 된다.

　　Hereat, Mr. Arnold has cleared up the rule which we ought to keep in the course of criticism, and summed up the rule in one word-disinterestedness. And asking to himself 'how is criticism to show disinterestedness,' he answered: 'By keeping aloof from what is called "the practical view of thing"; by resolutely following the law of it's own nature, which is to be a free play of mind on all subjects which it touches.'(The Function of Criticism art Present Time)

　　In order to 'create a current of true and fresh ideas,' 'criticism must be kept in the pure intellectual sphere,' 'detached itself from practice,' and must not be 'directly polemical and controversial.'[23]

비평이 몰이해적 관심을 드러내기 위해서는 사물의 실제적 관점으로부터 초연하여 사물 자체의 본성의 법칙을 철저히 따름으로써 자유로운 마음의 활동을 얻는다는 것이다. 비평이 하는 일은 진실되고 참신한 흐름을 창조하는 것인데, 그를 위해서는 비평은 순수한 지적인 영역을 유지해야 하며 실제로부터 분리되어야 하고, 직접적인 논쟁을 일삼아서는 안 된다는 것이다.[24]

졸업논문에서 제시된 아놀드의 이러한 문학관은 그의 데뷔 평론 「문예비평가의 태도에 대하야」와 그 후에 발표한 「매튜 아놀드의 문예사상 일고」, 그리고 「作家·評家·讀者」 등의 글에서 비슷한 내용으로 반복된다.

문예비평(文藝批評)이란 문예작품(文藝作品)의 예술적(藝術的) 의의(意義)와 심미적(審美的) 효과(效果)를 획득(獲得)하기 위(爲)하야 「대상(對象)을 실제(實際)로 잇는 그대로 보라」는 인간정신(人間精神)의 노력(努力)입니다. 딿아서 문예비평가(文藝批評家)는 작품(作品)의 예술적

---

23 졸업논문, pp.7-8.

24 그런데 문학사상에서 펴낸 『김환태전집』(1988)에서는 "'순수한 지적인 영역을 유지해야 하며', '실제로부터 분리되어야 하며"라는 의미로 이해되어야 할 내용을 "순수한 지적 세계에나 실제에서 분리되어야 하며"로 옮겨 놓고 있어, 마치 '지적 세계'로부터도 분리되어야 마땅하다는 것으로 정반대의 뜻으로 오해하게 해 놓았다. 이는 이전에 현대문학사에서 출간된 『김환태전집』(1972) 에서도 똑 같이 보였던 오류이다. 『조선중앙일보』(1934. 8. 26일자)의 원문에는 "純粹한 知的 世界에고 實際에서 分離되여야"라고 하여, 문제된 부분이 '에고'로 표기됨으로써 원문 자체에서부터 오식이 있었다고 할 수 있겠고 게다가 원전을 옮기는 과정에서 자의적 판단이 더 큰 오류를 범하게 만든 것이다.

(藝術的) 의의(意義)와 딴 성질(性質)과의 혼동(混同)에서 기인(起因)하는 모ー든 편견(偏見)을 버리고 순수(純粹)이 작품(作品) 그것에서 엇은 인상(印象)과 감동(感動)을 충실(忠實)이 표출(表出)하여야 합니다. (……)

딸아서 문예작품(文藝作品)을 이해(理解)하고 평가(評價)하랴면은 평가(評家)는 「매튜ー아놀드」가 말한 「몰이해적(沒利害的) 관심(關心)」으로 작품(作品)에 대(對)하여야 하며 그리하야 그 작품(作品)에서 어든 인상(印象)과 감동(感動)을 가장 충실(忠實)히 표현(表現)하여야 합니다. [25]

김윤식은 "이 글의 당당함 또는 소박함을 이해하기 위해서는 '대상을 실제로 있는 그대로 보려는' 것에 주목할 필요가 있다"고 하면서, "이 대목은 물을 것도 없이 칸트의 미학 사상인 '무목적의 합목적성' (Purposeless purposiveness)에 연결되어"[26] 있다고 주장한다. 그리고 '몰이해적 관심'을 이해하기 위해서는 "칸트의 철학에 대한 탐구가 불가피했던 것"[27]임에도 불구하고 그는 "칸트의 사상을 매슈 아놀드를 통해서 이해했음이 드러난다"[28]고 지적하면서 "그가 칸트 미학을 연구한 것과 관련이 없다는 점이야 말로 그의 내면 풍경을 엿보는 지름길"[29]이라고 하여 그 이해의 부족함을 지적하고 있다.

이에 대해 이태동 교수는 '대상을 있는 그대로 보라'는 말은 칸트의 미학 사상인 '무목적의 합목적성'과 연결되어 있다기보다, 김환태가 졸업논문 주제로 선택한 매슈 아놀드의 비평적 핵심을 나타내고 있

25 김환태, 「문예비평가의 태도에 대하야」, 『조선일보』 1934. 4. 21~22.
26 김윤식, 「김환태 비평의 비평사적 의의」, 『김환태전집』, 1988, 396면.
27 위의 글, 418면.
28 위의 글, 402면.
29 위의 글, 402면.

으며, 이 말은 원래 플라톤 철학에서 인용한 것으로서 쾌락적 유미주의에 바탕을 두고 있다기보다 보편적인 진리에 뿌리를 둔 고전적인 문화와 깊은 관계를 가지고 있다고 주장한다.[30] 그리고 이양하에 비해 김환태의 영문학 연구 업적이 빈약하다는 김윤식의 주장에 대해서도 이양하만큼 오래 살아서 연희전문과 서울대에서 가르치고 연구할 기회를 가졌었다면 그에 못지 않은 업적을 남겼을지 모른다고 반박한다.[31]

매슈 아놀드의 '몰이해의 이해'(disinterested)의 개념은 사실 칸트에게서 직접적으로 연유하는 것이다. 칸트는 「판단력 비판」에서 심미적 경험은 실용성이나 교훈성 등의 외적 목적을 고려하지 않는 몰이해적 관심(disinterested)이라는 순수한 행위와 관련되는 것이며, 심미적 대상은 순수한 관조만이 있어야 하며, 이러한 순수한 관조에서 오는 미적 즐거움 자체가 목적이 된다는 의미에서 무목적의 합목적성(合目的性)이라는 개념이 성립된다고 한다.

이것은 독일의 이성주의적 관념론적 미학을 영국의 감각적인 경험론과 종합한 결과 얻어진 것으로 경험과 선험, 이성과 감성, 주체와 객체의 합일과 괴리의 문제는 플라톤 이후 헤겔에 이르기까지 철학의 근본 문제가 되어 왔고 칸트는 예술의 문제를 무목적의 합목적성이라는 개념으로 종합했던 것이다. 즉 미적 판단이란 이성적 판단을 넘어서는 주관적 감성에 의한다는 것이다.

그런데 이러한 인식론적 차원의 칸트 미학과는 달리 그 영향에도 불구하고 매슈 아놀드에게 있어서는 실천적인 의미를 띠게 된다. 이는 결국 인생비평으로 수렴되는 것으로 그가 강조하는 전인적 인간,

---

30 이태동, 「김환태 비평의 실체」, 『김환태가 남긴 문학 유산』, 권영민 편(문학사상사, 2004), 72면.
31 위의 글, 78면.

시적 진실성과 성실성의 문제, 도덕적 사명, 교양교육의 강조, 위대한 행위 등은 순수 관조의 문제만은 아닌 실천과 관련되는 부분인 것이다. 당시 빅토리아조 시대의 영국은 사회를 지탱하는 중산층이 물질주의와 속물근성, 정치적 당파주의에 빠져가고 있었고, 종교적 신념 또한 상실해가고 있었다. 아놀드는 신앙심의 쇠퇴와 도덕성과 절제, 교양이라는 영국인다운 신념과 가치의식의 상실을 우려했다. 그는 영국인으로서의 인간다운 삶과 교양을 회복하는 데에 문학이 종교를 대신하여 역할을 할 수 있으리라 생각했다. 이러한 생각에서 기인된 그의 비평의식은 비평과 문학이 현실적 목적성의 예속으로부터 벗어나서 모든 지식 분야에서 대상을 그 자체의 실상 그대로 보고자 하는 노력을 강조한 것이었다. 이러한 점에서 볼 때 그의 '몰이해적 관심'의 개념은 칸트의 개념과는 구별되는 성질의 것이라 하겠고 칸트의 개념과의 연관성을 굳이 강조할 필요가 없는 그만의 새로운 개념이라 하겠다.

또한 최인자는 "아놀드가 '대상을 있는 그대로 보려는' 일종의 균형 잡힌 '지성의 과학성'이었음에 반해, 김환태는 대상을 관조적으로 바라볼 수 있는 일종의 '미적 태도'로서의 '무관심성'이라는 점"을 지적하면서, "김환태는 미적 판단의 보편성이라는 문제의식으로 나아가지 못하고 지극히 일반적인 차원에서의 미적 자율성 문제에 이르고"만 "작품중심주의로 귀착될 뿐"[32]이라고 평가하고 있는데, 이러한 최인자의 논리 또한 쉽게 수용되기 어렵다.

사실 매슈 아놀드 자신도 미학적인 문제에는 관심이 없었다. 그가 미적 판단의 보편성을 드러내었다고 한다면, 그것에 대한 체계적인

---

32 최인자, 「김환태 인상주의 비평의 미학적 원리와 그 문학교육적 의미」, 『국어국문학』 제115권(국어국문학회, 1995), 142면.

정의가 아니라 그리스 고전의 모범이나 위대한 대가들(great masters)의 싯구들을 명심하고 있다가 다른 시에 그것들을 시금석(touch stone)으로 적용시켜 보는 방법이라는 시금석론이 유일한 정도다.[33]

그 시금석이란 것도 밀턴의 일부 구절이나 셰익스피어의 『햄릿』의 일부 구절, 예컨대 "그대 마음 속에 나를 받아들인 적이 있다면 잠시만 천상의 행복을 물리치고 이 거친 세상에 살아남아서 내 이야기를 후세에 전해주게"[34]와 같은 것들이다. 이러한 기계적 시금석론은 지금의 기준에서 보면 이해하기 어려운 엉뚱한 주장이라 할 것인데, 김환태가 아놀드의 이와 같은 시금석론에 따라 나름의 기준을 마련하려 했다면 아마 김안서의 「격조시형론」보다 더 이상한 결론이 났을 것이다.

김환태의 몰이해적 관심이 생뜨 뵈브의 영향을 받았다는 주장이나,[35] "김환태가 아놀드의 이론을 부분적으로 차용한 것은 너무나 당연하다. 구인회 문학이 아놀드 문학비평을 따라한 것이 아니므로 작품에 충실했던 그가 아놀드 비평을 당연히 왜곡해야 했던 것이다."[36]라는 주장 또한 적절하지 않은 것으로 보인다. 구인회와 김환태 비평을 동일시할 만큼 구인회의 동인적 의미가 뚜렷했는지도 의문일 뿐만 아니라 김환태의 아놀드에 대한 연구와 영향은 구인회 이전의 것이었기 때문이다. 매슈 아놀드가 가진 사회의식이 김환태에게는 결여되어 있었던 것은 사실이지만 그의 졸업논문을 볼 때, 김환태가 아놀드 비평을 왜곡했다거나 부분 차용한 것으로는 보이지 않는다.

---

33 Matthew Arnold, The Study of Poetry, *Essays in Criticism*, p.133.

34 위의 글, p.134.

35 이은애, 「김환태의 인상주의 비평 연구」, 63면.

36 최혜실, 「작품 분석에서 도출된 자생적 비평 이론」, 『김환태가 남긴 문학유산』, 2004, 166면.

김환태는 졸업논문에서 아놀드의 「워즈워드론」을 다음과 같이 인용한다.

시는 근본적으로 인생의 비평이며, 시인의 위대성은 인생에 대하여, 즉 어떻게 살 것인가라는 문제에 대하여, 사상의 강력하고 아름다운 적용에 있다.

Poetry is at bottom a criticism of life; that the greatness of a poet lies in his powerful and beautiful application of ideas to life, - to the question: How to live[37]

김환태는 아놀드의 비평을 전체적으로 잘 이해하고 있었으며, 이는 그의 졸업논문이 인용하거나 요약하고 있는 내용들이 아놀드의 핵심을 잘 정리한 것으로 알 수 있다.

아놀드의 몰이해적 관점은 빅토리아라는 시대적 배경 속에서 시대적 문제를 해결하려는 그의 지적 고민에서 산출된 것이고, 김환태의 아놀드 수용은 당시의 프로문학의 기계적 공식주의와 정론성에 대한 문제의식에서 비롯된 것이었다. 다만 그가 인상주의로 기운 것은 아놀드와 더불어 페이터를 수용하는 과정에서 형성된 것으로 보인다.

아놀드가 강조한 몰이해적 관심이 아놀드의 의도와 상관없이 그의 제자인 월터 페이터에 의해 인상주의적인 심미주의로 변화되었고, 그 후 에드가 앨런 포우와 오스카 와일드로 발전해 나갔듯이, 칸트의 '몰이해적 관심(disinterested)'이라는 미적 인식 자체가 이미 심미주의를 예비하고 있었다 할 것이다. 이러한 변화는 아놀드를 인용하는 김환태의 어휘 사용에서도 감지되는 것이기도 하다.

---

37 졸업논문, pp.14-15.

사물을 있는 그대로 보려는 가장 훌륭한 비평가는 그 스스로 아주 작은 집단의 일원임을 알게 될 것이다. '그러나 정당한 사상이 전적으로 유포될 수 있는 것은 오직 절대적으로 그 자신의 역할을 하는 이 작은 집단에 의해서인 것이다. 실생활의 돌진과 포효는 가장 많이 모인 구경꾼에 대해 항상 몰입적이고 매력적인 감정을 가질 것이며, 그를 그 삶의 소용돌이에 끌어들이는 경향이 있다. 그러나 그 비평가가 실용적인 인간에게 어떤 봉사를 할 수 있는 것은 오직 나머지 모여 있는 사람들에 의해서 실용적인 인간의 관점에 이바지하기를 거부함으로써만 가능하다.

The best critic who sets himself to see things as they are will find himself one of a very small circle; but it is only by this small circle resolutely doing its own work that adequate ideas will ever get current at all. The rush and roar of practical life will always have a digging and attracting affect upon the most collected spectator, and tend to draw him into its vortex. 'But it is only by remaining collected, and refusing to lend himself to the point of view of the practical man, that the critic can do the practical man any service'[38]

사물(事物)을 잇는 그대로 보랴는 최고(最高)의 비평가(批評家)는 언제나 고독(孤獨)하다. 그러나 정당(正當)한 현념(現念)의 유포(流布)는 오즉 이 고독(孤獨)에서 산출(産出)되는 것이다. 실제(實際) 생활(生活)의 돌진(突進)과 훤조(喧噪)는 언제나 군중(群衆)을 현운(眩暈)식히고 견인(牽引)하야 그의 와중(渦中)에 끌어놋는 힘을 가지고 잇다.[39]

---

38 졸업논문, pp.9-10.
39 김환태, 「매튜 아놀드의 문예사상 일고」, 『조선중앙일보』 1934. 8. 24~9. 2.

위의 인용은 김환태의 졸업논문의 일부인 「현대에 있어서 비평의 기능」(The Function of Criticism at Present Time)을 인용한 것이다. 아래의 인용은 그 후 발표한 김환태의 글이다. 그런데 졸업논문의 '아주 작은 집단의 일원'이나 '이 작은 집단'이라는 논리적 언어를 그는 '고독'이라는 감성적인 어휘로 바꾸어 놓고 있다. 작은 듯이 보이는 어휘 사용의 이와 같은 변화를 통해서도 알 수 있듯이, 그가 아놀드를 잘못 이해하고 있었다기보다는 그의 문학적 감성이 그를 심미적 비평이나 인상주의 비평으로 그를 이끌어가고 있었다고 하겠다. '작은 집단의 일원'을 '고독'으로 옮겨 놓고 있는 그 지점에서 김환태의 인상주의적이고 창조적인 비평이 싹을 틔우고 있었던 것이다.

2.3. 인생의 비평

김환태의 대학 졸업논문의 가장 중요한 주제는 인생의 비평에 대한 것이다. 그러므로 그의 논문에서는 인생비평이 매우 중요한 부분으로 다루어지고 있다. 그러나 김윤식 교수는 김환태가 졸업논문에서 다룬 내용은 아놀드의 인생비평에 대한 이해가 결여되어 있었고 "몰이해적 관심과 창작적인 힘의 우위설에 관심을 집중적으로 드러냄으로써 아놀드의 이론적 깊이에 이르지 못했다."[40]고 평가한다.

가치 혼란의 시대에서 인간의 총체성을 지켜 줄 마지막 거점이 시라고 볼 때 비로소 시가 인생의 비평이란 말을 나올 수가 있었고, 이러한

---

40 김환태의 학적부에 의하면 豊田 교수와 中山 교수가 평가한 졸업논문 점수는 68점으로 되어 있어서 그리 좋은 점수는 아닌 듯하나, 그 이유는 논문의 내용이 매슈 아놀드나 페이터에 대한 비판적 이해보다는 수용에 중점을 두었기 때문이 아닌가 생각된다.

믿음 아래 아놀드는 그의 이론을 전개시켰으며, 마침내 교양 문제에까지 밀고 나갈 수 있었다. 이에 비하면 예술의 「무목적의 합목적성」이라든가 비평적 능력에 대한 창작적 능력의 우위성은 지엽적인 것이라 볼 수 있다. 이러한 것들은 「인생의 비평」에 이르기 위한 과정에 지나지 않는다. 그러나 김환태는 아놀드의 몰이해적 관심과 창작적인 힘의 우위설에 관심을 집중적으로 드러냄으로써 아놀드의 이론적 깊이에 이르지 못했다고 말할 수 있다. 다행스럽게도 이러한 「미치지 못함」이야말로, 김환태가 30년대 비평계에 받아들여진 이유를 이룬 셈이다.[41]

김윤식 교수가 왜 그렇게 파악했는지는 그 이유를 구체적으로 밝히지는 않고 있으나, 김환태의 매슈 아놀드 연구 부분의 11개 항목 가운데 인생의 비평과 직접 관련하여 집중적으로 다룬 항목만도 Poetry(시), Poetry and Morals(시와 도덕), The Subjects of Poetry(시의 주제), The Greek Poet and Modern Poet(그리스 시인과 현대 시인), Matter and Form(내용과 형식) 등 다섯 항목이나 된다고 할 때, 그의 논문에서 인생 비평에 대한 논의는 매우 큰 부분으로 중요하게 다루어졌다고 할 수 있는 것이다. 그럼 김환태가 다룬 인생의 비평이라는 주제를 중심으로 논의해 보겠다.

아놀드 씨는 「워즈워드론」에서 '그러므로 이러한 것을 확신하는 것이 중요하다. 시는 근본적으로 인생의 비평이며, 시인의 위대성은 인생에 대하여, 즉 어떻게 살 것인가라는 문제에 대하여, 사상의 강력하고 아름다움 적용에 있다.'라고 말했다.
또한 「바이런론」에서도 되풀이하여 '문학의 목적은, 그것을 주의깊게

---

41 김윤식, 「김환태 비평의 비평사적 의의」, 405면.

생각한다면, 오직 인생에 대한 비평일 뿐'이라고 말했다.

Arnold said in 'Wordsworth': - 'It is importance, therefore, to hold fact to this: that poetry is at bottom a criticism of life; that the greatness of a poet lies in his powerful and beautiful application of ideas to life, - to the question : How to live.'

And repeated in 'Byron' also; - 'The end and aim of literature is, if one considers it attentively, nothing but that: A criticism of life.'[42]

시가 인생의 비평이라는 개념은 아놀드 비평의 핵심이다. 그는 시란 그 바탕에 있어서 인생에 대한 비평이라는 것을 강조한다. 즉 시를 인생 비평과 동일시하고 있는 것이다. 그렇다면 인생의 비평이란 무엇인가? 인생비평은 '어떻게 살 것인가'라는, 즉 '어떻게 제대로 살 것인가'라는 삶의 방법적 질문에 대해 제대로 된 사상을 적용하는 것이라 말한다. 그런데 '어떻게 살 것인가'의 문제는 철학의 문제이기도 하고, 삶의 지혜의 문제일 수도 있고, 도덕이나 교육의 문제일 수도 있다. 그래서 아놀드는 '사상의 강력하고 아름다운 적용'이라고 하여 시의 미학적 특수성이라는 조건을 붙인다. 그가 시의 미학적 특수성을 위해 '아름다운' 이라는 말을 썼지만 '아름다운' 앞에 놓여 있는 '강력한'이라는 형용사로 볼 때도 아놀드가 인생비평의 의지를 얼마나 강하게 가지고 있었는가를 짐작할 수 있을 것이다. 그래서 그는 「바이런론」에서 문학의 목적은 '인생에 대한 비평일 뿐'이라고 거듭 강조하고 있는 것이다.

이처럼 인생 비평에 대한 강력한 의지는 철학적이거나 도덕적인 문제와 연결될 수밖에 없다. 그는 시의 도덕적 책무를 강력하게 요구

---

42 졸업논문, pp.14-15.

하는 것이다.

　'도덕적 사상에 반항하는 시는 인생에 반항하는 시이다. 즉 도덕적
사상에 무관심한 시는 인생에 무관심한 시다.'(워즈워드론)
　<u>어떻게 살아야 하는가?</u> 라는 질문은 그 자체가 도덕적 사상이며, 모든
사람이 관심을 가지는 문제며, 어떤 면에서든지 영원히 사로잡혀 있는
문제다. 이 경우에 도덕이란 말에 큰 의미가 주어지지 않으면 안 된다.
　이러한 넓은 의미에서 도덕적 사상에 대한 강력하고 심원한 취급은
가장 좋은 시를 구별하는 것이다. 만일 가장 위대한 시인을 구별하는
것이 인생에 대한 시인의 강력하고 심원한 사상의 적용이라면, 물론 어
떠한 훌륭한 비평가도 이 점을 부인하지 않겠지만, 사상이란 말에 도덕
이란 말을 첨가한다고 해도 거의 아무런 차이도 생기지 않을 것이다.
'왜냐하면 인간의 삶 자체가 아주 우세한 정도로 도덕적이기 때문이다.'
(워즈워드론)

　'A poetry of revolt against moral ideas is a poetry of revolt against
<u>Life</u>; a poetry of indifference towards moral ideas is a poetry of
indifference towards Life.' (Wordsworth)

　The question, <u>how to live</u>, is in itself a moral idea; and it is the
question which most interests every man. and with which in some
way or other, he is perpetually occupied. In this case, a large sense
is of course to be given to the term moral.

　The energetic and profound treatment of moral ideas, in this large
sense, is what distinguishes the best poetry. If what distinguishes the
greatest poets is their powerful and profound application of ideas to
life, which surely no good critic will deny, then to prefix to the term
ideas the term moral makes hardly any difference, 'because human

life itself is in so preponderating a degree moral.' (Wordsworth)[43]

빅토리아 시대(1837~1901)에는 산업과 경제가 빠르게 발전하였고 이러한 자본주의의 급속한 성장과 자유주의적인 분위기 속에서 사람들은 급속히 속물화되어 갔고, 문학도 고전문학의 전범을 망각하고 낭만적 공상이나 사실적 기교성이나 세부묘사에 빠져 통속화되어 갔다.

진화론과 같은 과학적 발전으로 인해 자연은 더 이상 시인의 마음을 투사하는 낭만적 교감의 대상이 될 수 없게 되었다. 정치는 파당화되었고 종교 또한 기성화된 종교적 윤리의식을 강요하고 있었다. 그는 당시의 중산층을 속물로 봤던 것이다.

그러므로 그가 도덕적 사상을 내세우는 것은 너무나 당연한 것이었다. 그가 시를 포기하고 비평을 선택한 이유도 도덕적 가치를 살리겠다는 열의 때문이었다. 그렇다면 그는 도덕 사상을 어떻게 획득할 수 있다고 생각했을까.

만일 현대 우리 작가들이 고대의 작가들을 연구한다면, 그들은 그들이 알아야 할 지극히 중요한 세 가지 것을 다른 어느 곳에서보다도 그들로부터 확실히 배울 것이다. 그 세 가지 일은 주제 선택이 무엇보다 중요하다는 것과 정확한 구성의 필요성이며, 표현의 종속적인 성격이다. 그들은 전체로서 취급된 위대한 행위에 의하여 남겨진 하나의 도덕적 인상의 효과가 가장 인상적인 하나의 사고나 가장 행복한 이미지에 의하여 생산되는 효과보다 얼마나 말할 수 없을 만큼 뛰어난 것인가를 배우게 될 것이다. 현대의 개별 작가가 위대한 고전 작품의 정신을 통찰함에 따라, 또한 그가 그것들의 집중된 의미와 고상한 단순성, 그리고 그것들의 잔잔

---

43 졸업논문, pp.21-22.

한 정념(pathos)을 점차 알게 됨에 따라, 현대의 시인은 고대 시인이 목적한 것이 이러한 효과이며, 통일성이며 그리고 도덕적 인상의 심오함이라는 것을 확신하게 될 것이며, 그들의 작품의 장대함을 구성하고 그것들을 불멸케 하는 것이 바로 이것이라는 것을 확신하게 될 것이다.

If our modern writers, then, study of the ancients, they may certainly learn from them, better than anywhere else, three things which it is vitally important for them to know: - the all - importance of the choice of subject; the necessity of accurate construction; and the subordinate character of expression. They will learn from them how unspeakably superior is the effect of the one moral impression left by a great action treated as a whole, to the effect produced by the most striking single thought or by the happiest image. As the modern individual writer penetrates into the spirit of the great classical works, as he becomes gradually aware of their intense significance, their noble simplicity, and their calm pathos, he will be convinced that it is this effect, unity and profoundness of moral impression, at which the ancient Poets aimed; that it is this which constitutes the grandeur of their works, and which makes them immortal.[44]

1835년에 출간된 시집의 초판 서문에 실린 내용인데, 아놀드는 가장 인상적인 하나의 사고나 가장 행복한 이미지에 의하여 생산되는 효과보다 위대한 행위에 의해 얻게 된 도덕적 인상의 효과가 얼마나 뛰어난 것인가를 강조한다. 그 위대한 행위는 고대의 작가들에게서 배울 수 있는 것이며, 그것을 위해서는 주제의 선택과 정확한 구성과

---

44 졸업논문, pp.27-28.

표현의 종속성을 배우라는 것이다. 위대한 고전 작품은 집중된 의미와 고상한 단순성과 잔잔한 정념을 갖추고 있어서 통일성과 도덕적 이상의 심오함을 드러낸다는 것이다. 이를 다시 요약하면 고전문학이 가르쳐주는 것은 위대한 행위의 통일된 구성이 가져오는 도덕성의 고양이라고 할 수 있다.

아놀드는 그리스 시인들은 전체를 고려하였지만, 현대의 시인들은 부분을 보며, 그리스 시인들에게 행위는 표현을 지배하였지만 오늘날은 표현이 행위를 지배한다고 주장한다. 그렇다고 그들이 표현에 실패하였다거나 무관심했던 것은 결코 아니었으며, 오히려 표현에 있어서 최고의 모범이었고 대문체의 근접하기 어려운 거장들이었다는 것이다. 그들의 표현은 경탄할 정도로 적당한 정도에서 두드러짐을 유지하였고 매우 단순하고 대단히 잘 통제되고 있었으며, 전달하려는 내용의 함축성으로부터 직접적으로 그 힘을 이끌어내었다고 주장한다.[45] 그렇다면 어떠한 행위가 위대한 행위일까.

그러면, 무슨 행위가 가장 훌륭한 것인가?
'확실히 위대하고 근본적인 인간의 감정에 가장 강력하게 호소하는 행위다. 시간의 흐름 속에서 영원히 존속하며, 시간으로부터 독립된, 기본적으로 그러한 인간의 감정에 호소하는 행위인 것이다.'(ibid.) (……)
수천 년 전의 위대한 인간의 행위는 오늘날 평범한 인간의 행위보다 더 재미가 있다. 이 후자의 재현에 비록 가장 완전한 솜씨가 쓰여지고, 그것이 비록 현대의 언어와, 친근한 풍습과, 같은 시대의 암시에 의하여, 우리의 모든 일시적 감정과 관심에 호소하는 유리함을 가지고 있다고

---

45 Matthew Arnold, The Preface to 'Poems' published in 1853, 졸업논문, pp. 26-27.

해도 그렇다.

Then, what actions are the most excellent?

'Those, certainly, which most powerfully appeal to the great primary human affections: to those elementally feelings which subsist permanently in the race, and which are independent of time(ibid). (……)

A great human action of a thousand years ago is more interesting to it than a smaller human action today, even thought upon the representation of this last the most consummate skill may have been expended and thought it has the advantage of appealing by its modern language, familiar manners, and contemporary allusions, to all our transient feeling and insterest.[46]

그것은 인간의 감정에 가장 강력하게 호소하는 행위로서 위대한 인간의 행위인 것이다. 그는 그의 비평을 일관해서 거듭 그리스 고전 의 위대성을 본받기를 강조하고 있으며, 현대의 기교화되고 속물화된 작품을 비판하고 있다는 것이다.

아놀드 씨는 주로 시의 내용을 취급하였다. 그는 문학의 형식이나 기 술에 주의를 기울이지 않았다고 말할 수 있을 것이다. 그러나 그가 그것 에 전혀 관심을 갖지 않았다고 생각하는 것은 크게 잘못된 것이다. 그는 '시는 인생의 비평이다.'라고 말하는 것에만 만족하지는 않았고, '시는 시적 진실과 시의 미의 법칙에 따라 창작되지 않으면 안된다는 말을 덧 붙였다. 제재와 내용의 진실성과 진지성, 어법과 양식의 적절성과 완전

---

46 위의 시집 서문, 졸업논문, pp.23-25.

성은 시적 진실과 시적 미의 법칙에 따라 만들어진 인생의 비평을 구성하는 것이다.' (바이런론)

그리고 다시 「시의 연구」에서 그는 '최상의 시의 내용과 제재에서, 진실성과 진지성의 우월한 성격은 시의 문체와 양식을 만드는 어법과 태도의 우월함으로부터 분리될 수 없다.'라고 말했다. 이 두 가지 우월함은 밀접히 연관되어 있으며, 서로 확고한 균형을 유지하고 있다. 높은 시적 진실성과 진지성이 시인의 내용과 제재에 부족한 한 지금까지도 역시, 우리가 확신할 수 있듯이 어법과 태도의 높은 시적 특징은 시인의 문체와 양식에도 부족할 것이다. 다시 어법과 태도의 이러한 높은 특징이 시인의 문체와 양식으로부터 부재함에 비례하여 우리는 높은 시적 진실성과 진지성 또한 시인의 제재와 내용에서 부재한다는 것을 발견하게 될 것이다.

Mr. Arnold treated mainly the matter of poetry and it is likely to be said that he didn't pay his attention to the literary form and technique. But it is a great mistake to think that he never paid his attention to it. He didn't content with saying only that poetry is 'a criticism of life,' but added that 'poetry has to be made conformity to the laws of poetic truth and poetic beauty. Truth and seriousness of substance and matter, felicity and perfection of diction and manner, are what constitute a criticism of made in conformity with the laws of poetic truth and poetic beauty.' (Byron)

And, again, he said in 'the Study of Poetry': 'The superior character of truth and seriousness, in the matter and substance of the best poetry, is in separable from the superiority of diction and movement making its style and manner. The two superiorities are closely related, and are in steadfast proportion one to the other. So far as

high poetic truth and seriousness are wanting to a poet's matter and
substance, so far also, we may be sure, will a high poetic stamp of
diction and movement be wanting to his style and manner. In
proportion as this high stamp of diction and movement, again, is
absent from a poet's style and manner, we shall find, also, that high
poetic truth and seriousness are absent from his substance and
matter.'[47]

아놀드에 의하면 시는 시적 진실과 시의 미의 법칙에 따라 창작되
지 않으면 안 된다고 했다. 그리고 제재와 내용의 진실성과 진지성,
어법과 양식의 적절성과 완전성은 시적 진실과 시의 미의 법칙에 따
라 창작되지 않으면 안 된다고 했다. 그리고 최상의 시에서 내용의
진실성과 진지성은 문체와 양식이라는 형식과 분리될 수 없다고 했
다. 그는 진실성과 성실성을 시적 도덕성의 중요한 항목으로 보았고,
시적 진실성과 진지성이 부족하면 어법과 태도 또한 부족하다는 유
기적 상호 관계를 강조하고 있다.

김환태가 그의 대학 졸업논문에서 다룬 인생과 시적 진실에 대한
매슈 아놀드의 견해를 고구하고 있는 것을 볼 때, 그가 인생의 비평
에 대한 이해에 이르지 못했다는 견해는 적절하지 않다고 할 수 있는
것이다. 그가 아놀드의 이론적 깊이에 이르지 못했다는 주장에 대해
서는 그가 한갓 식민지의 지식인 청년이었다는 것과 요절했다는 점
이 하나의 변명이 될 수 있을지도 모르겠다.

---

47 졸업논문, pp.29-30.

Ⅲ. 월터 페이터 비평

1. 월터 페이터의 수용과 비평사적 의미

앞에서도 언급했지만 김환태의 대학 졸업논문은 그가 졸업을 앞두고 귀국하여 발표한 비평「문예비평가의 태도에 대하야」(『조선일보』 1934. 4. 21~22)를 통해 요약된 형태로 발표된다. 이 글의 내용은 그의 학위 논문 중에서도 매슈 아놀드 부분을 더 비중 있게 다루었고 페이터 부분은 상대적으로 축소하여 반영하고 있다.

이후 졸업논문은 두 개의 글로 다시 발표되는데, 「매튜 아놀드의 문예사상 일고」(『조선중앙일보』 1934. 8. 24~9. 2)와 「형식에의 통론자 - 페이터의 예술관」(『조선중앙일보』 1935. 3. 30~4. 6)이 그것이다. 그리고 졸업논문에서 논의된 내용은 향후 그의 비평의 근간을 형성하며, 영미의 고전적 이론가나 낭만주의 시인들, T.S. 엘리엇 등 주지적 내지는 모더니즘적 시인이나 이론가들, 톨스토이나 포우, 랑송, D.H. 로렌스, 제임스 조이스 등의 문인들로 지적 깊이를 더하며 그의 비평의 성격과 방향의 강조점을 조금씩 달리하여 전개된다.

김환태가 월터 페이터를 우리 문단에 본격적으로 소개한 것은 매슈 아놀드의 경우와 마찬가지로 최초의 경우라 하겠다. 월터 페이터라는 이름이 당시의 문단에 처음 소개된 것은 역시 모더니즘 시인이자 이론가인 김기림에 의해서인데, 그가 1935년 2월에 발표한「시에 있어서의 기교주의의 반성과 발전」(『조선일보』 1935. 2. 10~14)이라는 글을 통해서였다. 그는 이 글에서 순수시와 형태시를 논하면서 월터 페이터의 유명한 말 "모든 예술은 항상 음악의 상태를 동경한다."를 인용한다. 이어서 그는 "시에 있어서의 음악성의 고조는 시의 본질은 시간성에 있다는 견해에서 이것을 중심으로 하고 편성된 낡은 형태학에서 나온 것"이라고 천명하고, "시는 음악성에 의하야 성립하는 것이 아니라 보다 더 회화성에 본질적인 것이 있다는 새로운 미학"으로 논의를 전개한다. 이는 페이터가 순수형식성이라는 뜻을 강조한 음악성의 의미를 김기림은 이미지즘의 회화성과의 대립적인 의미로 오해하여 받아들인 것이다.

이로 볼 때 그가 월터 페이터를 인용한 것은 리듬에 대한 이미지의 우위를 강조하려는 차원에서였지, 월터 페이터가 「조르조네 유파」에서 "모든 예술은 끊임없이 음악의 상태를 열망 한다"라고 말하고 김환태가 그것을 인용했을 때의 의미와는 사뭇 다른 것이었다. 월터 페이터가 말한 의미는 적어도 '知的 내용의 희생'[48]을 요구하는 순수히 심미적인 구성, 혹은 김환태가 그의 졸업논문에서 밝혔듯이 분류적인 의미에서의 음악이 아니라 적어도 '내용과 형식의 완전한 일체화의 상태'[49]를 의미하는 것이었다는 점에서 김기림의 논의는 상당한 왜곡을 내포하고 있었다 하겠다. 페이터 혹은 김환태가 의미한 순수한 형식이라는 측면에서 본다면 그들이 의미한 음악성은 김기림이 강조한 회화성과 대척적 관계에 있지 않는 것이다. 그러므로 페이터에 대한 본격적인 소개와 이해는 김환태에 의해 처음 수행된 것이었음을 알 수 있다.

학위 논문의 주제로 매슈 아놀드를 선택했던 것과 마찬가지로 월

---

48 R.V. Johnson, 『심미주의』, 이상옥 역(서울대 출판부, 1987), 45면.
49 졸업논문, p.51.

터 페이터를 포함한 것도 역시 김환태 자신의 문학적 취향과 더불어 당시 그가 다녔던 일본의 대학의 문학적 풍토나 비평계의 분위기, 그리고 우리나라의 평단의 상황과도 관련이 있을 것이다. 그가 미학과 예술철학 관련 서적을 대학 졸업 때까지 독파하려 했다는 것과 그의 독서 목록에 스트린드베리 등의 자연주의 작가도 있었지만 주로 오스카 와일드나 톨스토이, 도스토예프스키, 투르게네프 등과 셰익스피어, 밀턴, 포우프, 라신느, 코르네이유, 몰리에르, 괴테, 실러 등 고전주의 작품들이 주류를 이루었다는 점에서 그의 문학적 취향의 일단을 짐작할 수 있거니와[50] 그 무렵 일본의 대학의 학문적 분위기도 19세기의 영미 낭만주의 문학이나 빅토리아조의 비평가들에 주로 경도되어 있었고 김환태가 다녔던 규슈대학의 연구와 강의 분위기도 예외가 아니었으므로 김환태가 그 영향의 범위에 있었음은 당연한 것이기도 했다. 당시 일본에서는 도이 고치(土居光知)가 주석을 붙인 매슈 아놀드의 저서 『Essays in Criticism』이 1935년에 4판이 출판되었고, 그보다 앞서 월터 페이터의 저서 『The Renaissance - Studies in Art and Poetry』가 다케도모(竹友虎雄) 교수에 의해 1922년에 주석이 붙여져 출간되는 등 영미의 많은 순수비평가들의 저서가 출판되었던 것이다.[51]

또 하나 김환태가 비평의 방향을 선택한 매우 중요한 요인은 당대 우리 나라의 문단 상황과 밀접하게 관련된다. 그가 일본 유학 중이던 1930년대 초의 우리 평단의 상황은 카프의 계급적 이념성이 지배하

---

50 김환태, 「外國文人의 諸像」, 『朝光』 5권 3호(1939. 3. 1.).

51 Mattew Arnold, *Essays in Criticism*, 土居光知 주석, 東京: 硏究社, 제4판, 1935(昭和 10년), 초판은 大正 12년(1923년) 발행됨.

　　Walter Pater, *The Renaissance*, T. Taketomo 주석, 東京: 硏究社, 1922(大正 11년).

던 시기였다. 카프 비평의 지나친 이념성과 계급적 목적의식, 정론적
도식성은 문학을 이데올로기의 시녀로 전락시킴으로써, 문학이 식민
지 조선이 처한 현실을 사실적으로 그리는 데 오히려 실패할 수밖에
없도록 만들었다. 1935년 결국 일제의 탄압에 의해 강제 해산되긴 했
지만 이러한 평단의 상황 또한 김환태가 그의 비평의 방향을 정하는
데 중요한 요인이었을 것임이 분명하다.

실제로 그는 기회 있을 때마다 프로문학과의 대척점에서 프로문학
을 비판하는 태도를 드러낸다.

　　나는 이 「비평무용론(批評無用論)」이 넘어나 늦게 제창(提唱)되엿음
을 슯허하는 자(者)이다. (……) 그럼에도 불고(不顧)하고 프로 비평가
(批評家)들은 언제나 작가(作家)의 입법자(立法者)가 되고, 재판관(裁判
官)이 되랴 하엿다.

　　그리하야 그들은 아모런 소화력(消化力)도 이해능력(理解能力)도 업
시 연락선(連絡船)으로 수입(輸入)하고 또는 몃 권(券)의 팜프렛을 읽고
어든 빈약(貧弱)한 지식(知識)을 가진 두뇌(頭腦)로써 제작(製作)한 「유
물변증법적(唯物辨證法的) 창작방법(創作方法)」이니 「쏘-씨앨리쓰틱,
리알리즘」이니 「유물변증법적(唯物辨證法的) 사실주의(寫實主義)」니 하
는 형형색색(形形色色)의 창작방법(創作方法)과 규준(規準)을 육속(陸
續) 제출(提出)하야, 작가(作家)들의게 그 창작방법(創作方法) 내(內)에
서 창작(創作)하기를 강요(強要)하엿스며, 그들의 제작(製作)한 규준(規
準)에 빗추어 마저 「쟈코핀」당(黨)의 재판관(裁判官) 모양(模樣)으로 자
기(自己) 압헤 노힌 작품(作品)에 무자비(無慈悲)한 판결(判決)을 나리기
를 조금도 붓그러워 하지 안헛다.[52]

52 김환태, 「作家·評家·讀者」, 『조선일보』 1935. 9. 5.

지금(只今)까지의 푸로문학(文學)의 최대(最大)한 치명적(致命的) 결점(缺點)은 증오(憎惡)의 문학(文學)인 데 있었다. 작가(作家)는 누구보다도 그가 그리는 인물(人物)과 사상(事象)을 잘 이해(理解)하고 있어야 하며 이 이해(理解)를 위(爲)하야는 작가(作家)는 대상(對象)과 같이 울고 같이 웃을 바다와 같이 넓고 깊은 동정심(同情心)이 요구(要求)되는 것이다. 그러나 푸로문학(文學)은 이 동정심(同情心)이 부족(不足)하였으며 그리하야 인간정신(人間精神)의 기미(機微)에 대(對)한 이해(理解)의 천박(淺薄)과 포용력(包容力)의 협착(狹窄)을 초래(招來)하야 드디어는 인간성(人間性)을 무시(無視)하고 인간(人間)을 계급적(階級的)으로 전형화(典型化)식힘으로써 완전(完全)히 예술(藝術)의 권외(圈外)로 일탈(逸脫)하고야 말었다.[53]

이러한 문제의식은 그의 비평의 기본적인 입장으로 그의 글에서 지속적으로 제기된다. 그는 "악의(惡意)와 당파심(黨派心)과 이론화(理論化)한 편견(偏見)"을 비판하고, 작품에 대한 정당한 평가는 위대한 상상력과 감상력을 통해 작가와 '내면적(內面的) 일치(一致)'[54]에 들어가서 같이 느끼고 사색해야 한다고 주장한다. 마르크스주의자들은 "당(黨)의 지령(指令)으로 위대(偉大)한 예술품(藝術品)을 산출(産出)"하려 했고 "물질적(物質的) 기초(基礎) 우에서만 예술(藝術)을 이해(理解)하려"[55] 한 사회과학 때문에 실패했다는 것이다. 또한 그들은 '관념(觀念)의 노예(奴隸)'[56]로서 문학을 정치에 예속시킨 '정치지상주의자(政治至上主義者)'였으며 작품에 담긴 사상을 곧 문학으로 아는 '내용

---

53 김환태, 「문예시평 - 6월의 평론」, 『조선문단』 4권 4호(1935. 7), 129면.
54 김환태, 「문예비평가의 태도에 대하야」, 『조선일보』 1934. 4. 21~22.
55 김환태, 「예술의 순수성」, 『조선중앙일보』 1934. 10. 26.
56 김환태, 「문예시평」, 『四海公論』 1권 7호(1935. 11. 1), 109면.

지상주의자(內容至上主義者)'[57]였다고 비판한다. 그리하여 그는 매슈 아놀드를 통해 인생비평을 강조하고 페이터를 통해 예술주의로 경도된다.

그가 당시의 우리 문단에 페이터를 본격 소개한 것은 당대의 식민지 사회가 처한 객관적 현실에서 유리된 도식적 정치주의를 극복하려는 한 노력이었고, 그를 통해 자기목적적인 존재로서의 예술의 본질을 회복시키려는 문학예술에 대한 사랑 때문이었을 것이다.

2. 졸업논문에 나타난 월터 페이터의 비평

김환태의 페이터에 대한 논의는 미학이 보편적으로 다루는 문제들, 즉 미적 물음들을 대상으로 하고 있다. 그 미적 물음들이란, 첫째, 아름다움이란 무엇이며, 둘째, 예술에 있어서 형식과 내용은 어떤 관계를 가지는가. 셋째, 여러 예술의 장르들이 가지는 공통점과 차이점은 무엇인가 등이다.

이러한 물음들을 페이터의 예술관과 연관 지어 해답을 찾는다면 심미주의의 예술관과 인생관, 그리고 그의 실제 비평을 통해 살펴볼 수 있을 것이다. 김환태는 그의 졸업논문의 월터 페이터 부분을 〈비평적 태도〉(Critical Attitude), 〈인생과 예술〉(Life and Art), 〈음악과 기타 예술〉(Music and the other Arts), 〈산문과 시〉(Prose and Poetry), 〈문체의 두 가지 중요한 요소: 정신과 영혼〉(The Two Important Elements of Style: Mind and Soul), 〈한 단어의 이론〉(One Word Theory), 〈좋은

---

57 김환태, 「余는 예술지상주의자 - 남도 그렇게 부르고 나도 자처한다」, 『조선일보』, 1938. 3. 3.

예술과 위대한 예술〉(Good Art and Great Art) 등 7개의 항목으로 나누어 논의하고 있다.

여기서 〈비평적 태도〉와 〈인생과 예술〉에서 다루는 내용은 주로 미의 의미와 그것과 인생과의 관계를 다루는 것이고, 〈음악과 기타 예술〉이나 〈산문과 시〉, 〈문체의 두 가지 중요한 요소〉, 〈한 단어의 이론〉, 〈좋은 예술과 위대한 예술〉부분은 문학의 형식과 내용의 문제와 아울러 여러 예술 장르들이 지향하는 특징을 주로 다루고 있다.

김환태의 졸업논문에서는 페이터의 실제 비평과 관련된 논의, 예 컨대 페이터가 논의했던 많은 작가론, 단테, 아미와 아밀의 우정, 파리의 노트르담, 피코 델라 미란돌라, 산드로 보티첼리, 루카 델라 로비아, 미켈란젤로의 시, 레오나르도 다 빈치, 조아생 뒤 벨레, 빙켈만 등에 대한 논의는 생략되어 있다. 이는 대학 졸업논문이라는 짧은 지면의 한계도 있고 회화와 조각 등 다양한 장르의 작가들까지 논의 대상으로 삼기에는 문학론에 국한된 그의 논문의 목적과도 맞지 않았기 때문이기도 했을 것이다. 본 연구에서는 김환태가 졸업논문에서 다룬 논의를 대체로 다섯 가지 주제, 첫째, '대상을 있는 그대로 본다'는 예술적 인식론, 둘째, 인상주의와 창조적 비평관, 셋째, 심미주의의 예술관(예술 그 자체를 위한 예술), 넷째, 내용과 형식의 문제 (모든 예술은 음악의 상태를 열망한다), 다섯째, 문학의 장르와 문체의 특징으로 나누어 고찰하고자 한다.

2.1. '대상을 있는 그대로 본다'는 것의 인식론적 의미

페이터의 예술론의 핵심의 하나는 그의 심미적 예술론의 핵심인 '예술을 위한 예술'론이다. 이러한 관점은 미에 대한 페이터의 관점은 물론이고 예술과 관련한 그의 인생관과도 직결되어 있는 문제이다.

따라서 김환태가 그의 졸업논문에서 이러한 문제를 강조하는 것은 당연한 것이다.

페이터에게 있어서 미는 추상적인 어떤 것도 아니며 보편적이거나 객관적인 무엇도 아닌, 상대적이고 경험적인 것이다. 미가 경험적이고 상대적인 것이라 할 때 미의 보편적인 법칙이란 있을 수 없다.

인간의 경험에서 보이는 모든 다른 자질과 같이 미도 상대적인 것이다. 그리고 미에 대한 정의는 그것이 추상적일수록 무의미하고 무가치하게 된다. 미를 정의하는 것은 추상적인 것이 아니라 가장 구체적인 언어를 통해서 가능하며, 미의 보편적인 공식이 아니라 그것을 가장 적절하게 표현하는 방식이나 혹은 미의 특별한 발현을 발견하는 것이 미학도의 진정한 목적이다.

Beauty like all other qualities presented to human experience, is relative; and the definition of it becomes unmeaning and useless in proportion to its abstractness. To define beauty, not in the abstract but in the most concrete terms possible, to find not its universal formula, but the formula which express most adequately it is or that special manifestation of it, is the aim of the true student of aesthetics.[58]

이 글은 김환태가 그의 졸업논문에서 『르네상스』의 서문의 일부를 인용한 것이다. 페이터에게 있어서 미란 추상적인 그 무엇이 아니라 구체적인 것이며, 보편적인 공식이 아니라 직접 경험하여 발견하는 상대적인 것이다. 이처럼 구체적 경험을 강조하는 감각주의는 이미 낭만주의자들이 강조한 것이었지만 낭만주의자들이 구체적 대상을

---

58 졸업논문, p.32.

통해 무한을 향한 정신적 비약을 꿈꾸었다면 페이터를 비롯한 심미주의자들은 무한이라는 막연한 가치 대신에 대상에 대한 감각 자체에 관심을 집중하려고 하였다. 미를 보편적인 공식으로 규정할 수 없듯이 미적 대상 또한 객관적인 존재를 보장하지 못하는 일시적인 환상이나 환영에 불과하다. 그리고 그 환영과 환상을 만드는 것은 우리의 개성(personality)일 뿐이고, 따라서 대상에 대한 인상의 모든 것은 '고독한 죄수'(solitary prisoner)처럼 '고립된 개인의 인상'[59](the impression of the individual in his isolation)이라는 것이다. 그러므로 비평가는 법칙이 없는 상태에서 최상의 것을 선택해야 하며, 비평가의 임무는 대상의 인상을 실제 그대로 충실하게 재현하는 것이라고 주장한다.

모든 비평의 진정한 목적은 '대상을 실제로 있는 그대로 보는 것'이라고 말할 수 있다. 그리고 그것의 의미는 우리가 심미적 비평에 관여할 때, 그 대상을 실제로 있는 그대로에 따라 자기 자신의 인상을 인지하고, 그것을 식별하고, 그것을 명백히 깨닫는 것이다. (……)

그리고 중요한 것은 비평가가 지식을 위하여 미에 대한 정확한 추상적 정의를 소유해야 하는 것이 아니라, 아름다운 대상들의 존재에 의해 감동이 일어난 힘인, 어떤 종류의 기질(temperament)을 가져야 하는 것이다.

비평가는 미가 많은 형식 안에서 존재한다는 것을 언제나 명심해야 한다. 그에게 모든 시대, 모든 양식, 취향의 모든 유파는 본질적으로 동일하다. 모든 세대에 얼마쯤의 우수한 작가가 있었고, 얼마간의 우수한 작업이 행해져 왔다. 비평가는 언제나 다음과 같은 질문을 해야 한다. 누구에게서 그 시대의 동요(stir)와 특질과 감성(sentiment)이 발견되는

---

59 졸업논문, p.39.

가? 그 시대적 세련성(refinement)과 고상함(elevation)과 취향(taste)의 용기(容器)는 어디에 있었는가? 그리고 비평가는 법칙이 없는 상태에서 최상의 것을 선택해야 하며, 작가 안에 얼마나 많은 우수성이 있는지 조사해야 한다.

We may say, therefore, it is the aim of all true criticism 'to see the object as in itself it really is,' as Mr. Arnold said. And its meaning is to know one's own impression as it really is, to discriminate it, to realise it distinctly when we engaged in aesthetic criticism. (……)

And what is important is not that the critic should possess a correct abstract definition of beauty for the intellect, but a certain kind of temperament, the power.

He will remember always that beauty exists in many forms. To him all periods, types, schools of taste, are in themselves equal. In all ages there have been some excellent workmen, and some excellent work done. He must ask always the following questions; - In whom did the stir, the genius, the sentiment, of the period find itself? Where was resceptacle(receptacle의 오기) of its refinement, its elevation, its taste? And he is to elect the highest from the lawless and examine how much the excellent is in the writer.[60]

'대상을 실제로 있는 그대로 보는 것'이란 무엇을 의미하는가. '그 대상을 실제로 있는 그대로에 따라 자기 자신의 인상을 인지하고 그 것을 식별하고 그것을 명백히 깨닫는 것'이라고 한다. 그러나 이 설명 은 거의 동어반복에 가깝다. 김윤식 교수는 '대상을 실제로 있는 그대

---

60 졸업논문, pp.32-35.

로 보려는'이라는 구절을 김환태의 글 「문예비평가의 태도에 대하야」(『조선일보』 1934. 4. 21~22)의 첫 부분에서 다음과 같이 인용한다.

문예비평이란 문예작품의 예술적 의의와 심미적 효과를 획득하기 위하여 대상을 실제로 있는 그대로 보려는 인간정신의 노력입니다. 따라서 문예비평가는 작품의 예술적 의의와 딴 성질과의 혼동에서 기인하는 모든 편견을 버리고, 순수히 작품 그것에서 얻은 인상과 감동을 충실히 표출하여야 합니다. 즉 비평가는 언제나 실용적 정치적 관심을 버리고, 작품 그것으로 돌아가서 작자가 작품을 사상(思想)한 것과 꼭같은 견지에서 사상하고 음미하여야 하며, 한 작품의 이해나 평가란 그 작품의 본질적 내용에 관련하여야만 진정한 이해나 평가가 된다는 것을 언제나 잊어서는 안됩니다.[61]

그리고 김윤식 교수는 '대상을 실제로 있는 그대로' 본다는 것의 의미를 칸트의 미학사상인 '무목적의 합목적성'(Purposeless purposiveness)의 개념과 곧장 연결시킨다.

문예비평이 무엇인가라는 본질 규정을 첫마디로 들고 나온 이 글의 당당함 또는 소박함을 이해하기 위해서는 「대상을 실제로 있는 그대로 보려」하는 것에 주목할 필요가 있다. 이 대목은 물을 것도 없이 칸트의 미학사상인 「무목적의 합목적성(Purposeless Purposiveness)」에 연결되어 있다.

두루 아는 바와 같이 칸트는 예술의 자율성을 제일 뚜렷이 내세운 사상가이며, 예술에 있어 쾌락설이라든가 유미주의 사상이 일어난 것도

---

61 김윤식, 「김환태 비평의 비평사적 의의」, 396면.

칸트에서 크게 말미암는다. (……)

　칸트는 그 자체가 목적으로 추구되는 작위 활동을 유희(놀이)라 했고 그 자체 이외에 어떤 일정한 목적(돈벌이 또는 기타)을 가지는 작위 활동을 업무(일)라 했다. 예술은 놀이의 범주에 들며 따라서 그 자체 이외의 특정한 목적을 갖지 않지만 본래에 이성적 사고의 산물이니까(의도적인 것) 궁극적이며 결정적인 합목적성을 그 자체 속에 갖고 있다는 점을 두고, 「무목적의 합목적성」이라 불렀다.[62]

　그는 이 글에 대해 '당당함 또는 소박함'이라는 평가와 아울러, '무목적의 합목적성'(혹은 몰이해적 관심)을 이해하기 위해서는 "칸트의 철학에 대한 탐구가 불가피했던 것"[63]임에도 불구하고 김환태가 "칸트의 사상을 매슈 아놀드를 통해서 이해했음이 드러난다"[64]고 지적하면서 김환태가 '무목적의 합목적성'이라는 칸트의 이론을 내세웠음에도 불구하고 "그가 칸트 미학을 연구한 것과 관련이 없다는 점이야말로 그의 내면 풍경을 엿보는 지름길"[65]이라고 비판하고 있다.
　이에 대해 이태동 교수는 '대상을 있는 그대로 보라'는 말은 칸트의 미학 사상인 '무목적의 합목적성'과 연결되어 있다기보다 매슈 아놀드와 닿아 있으며, 이 말은 원래 플라톤의 철학에서 인용한 것으로 쾌락적 유미주의에 바탕을 두고 있다기보다 보편적 진리에 뿌리를 둔 고전적인 문화와 깊은 관계를 가지고 있다고 주장한다.[66]
　그런데 '무목적의 합목적성'이라는 말은 칸트에게서 연유한 것이지

62　위의 글, 396~397면.
63　위의 글, 418면.
64　위의 글, 402면.
65　위의 글, 402면.
66　이태동, 「김환태 비평의 실제」, 『김환태가 남긴 문학 유산』, 권영민 편, 72면.

만, 그것은 '대상을 있는 그대로 보라'와는 사실은 무관한 것이다. '대상을 있는 그대로 본다'는 것이 인식론의 문제라면 '무목적의 합목적성'은 가치론의 문제이기 때문이다.

이러한 혼란이 오게 된 데에는 '대상을 있는 그대로 보려는' 것의 의미와 '몰이해적 관심' 혹은 '무목적의 합목적성'을 동일한 차원으로 곧 바로 연결시켜버린 김윤식 교수의 오해 내지는 착각 때문이다. 그리고 그 오해의 여지는 김환태의 글에서 이미 단초를 제공하고 있다. 김환태는 앞에서 인용한 예의 그 「문예비평가의 태도에 대하야」의 첫 부분에 이어서 그 해답격으로 "문예작품(文藝作品)을 이해(理解)하고 평가(評價)하랴면은 평가(評家)는 '매튜-아놀드'가 말한 '몰이해적(沒利害的) 관심(關心)'으로 작품(作品)에 대(對)하여야 하며 그리하야 그 작품(作品)으로 어든 인상(印象)과 감동(感動)을 가장 충실(忠實)히 표현(表現)하여야 합니다."[67]라고 언급하고 있다. 그리하여 김윤식 교수도 '실제로 있는 그대로 보려는' 것과 '몰이해적 관심'을 동일한 의미로 쉽게 연결시켜버린 것이다.

그런데 앞에서 인용한 것처럼 '대상을 실제로 있는 그대로 보려는' 이 가지는 의미는 졸업논문의 페이터 부분의 논의에서는 의미의 방향을 달리하여 전개된다. 김환태는 페이터를 인용하여 "진정한 비평가라면 미란 본질적으로 무엇인가, 혹은 미와 진리나 경험과의 정확한 관계는 무엇인가에 대한 추상적인 질문에 고심할 필요가 없다. 그는 그것들 모두를, 대답할 수 있든 없든, 그에게는 무관심한 것으로 지나쳐버려도 된다."(And if this is the true critic he has no need to trouble himself with the abstract question what beauty is in itself, or what its exact relation to truth or experience. He may pass them all

---

67 김환태, 「문예비평가의 태도에 대하야」, 『조선일보』 1934. 4. 21~22.

by as being, answerable or not, of no interest to him.)[68]라고 주장한다. 이는 미를 진리와 도덕 여부와 관련시키거나 형이상학적으로 규정하려 한 플라톤이나 칸트류의 관념주의와는 구별되는 것이다.

사실 '대상을 실제로 있는 그대로 보는'것이라는 언급은 페이터보다 먼저 매슈 아놀드가 한 말이다. 매슈 아놀드가 이 말을 한 것은 몰이해적 관심이나 무목적의 합목적성을 말하기 위한 것이 아니라 대상에 대한 객관적 인식을 강조하려 함이었다. 그런데 그것을 그대로 인용한 페이터는 그 말의 의미를 '대상의 인상을 충실하게 표현하는 것'(to express the impression of the object faithfully)[69]으로 정반대로 바꾸어 놓는다. 즉 아놀드가 대상에 대한 객관적 인식을 강조했다면 페이터는 주관적 인상을 강조함으로써 심미주의 비평으로 나아갔던 것이다. 페이터에게 모든 미는 '진실성의 훌륭함'(finess of truth)이며, 그 진실성이란 '있는 그대로의 사실에 대한 진실성'(truth to bare fact)이며, '있는 그대로의 진실성'이란 결국 '감각의 표현이 가지는 진실성'(the truth of his presentment of that sense)[70]이 된다. 그러므로 김환태의 졸업논문에서 페이터가 언급한 '대상을 실제로 있는 그대로' 본다는 말의 의미는 대상에 대한 주관적이고 감각적이며 인상주의적인 심미적 접근을 의미했음을 알 수 있다. 이 말이 그의 비평 「문예비평가의 태도에 대하야」에서는 그러한 문맥을 떠나 '몰이해적 관심'이라는 의미로 잘못 연결됨으로써, '대상을 실제로 있는 그대로' 보는 것과 '무목적의 합목적성(몰이해적 관심)'이 같은 문맥 속에서 논의됨으로써 오해를 불러일으킨 것이다.

'대상의 인상을 충실하게 표현하는 것'이란 미의 본질이나 미와 진

---

68 졸업논문, p.33.
69 졸업논문, p.36.
70 졸업논문, p.54.

리와 도덕의 관계에 대한 추상적 질문이 아니라, '아름다운 대상들의 존재에 의해 감동이 일어나는 힘인, 어떤 종류의 기질'이라는 특별한 심미적 기질을 가지고 대상의 인상을 포착하여 표현하는 것이다. 그리고 그 인상이란 '미나 쾌감이 주는 특별한 인상'(special impression of beauty or pleasure)[71]인 것이다. 그것은 죄수처럼 고립된 개인의 인상이고 일순간에 '항상 달아나려'(in perpetual flight)[72] 하는 인상이다. 페이터는 "그 흐름 속에서 스스로를 끊임없이 변개하는 무시무시한 도깨비불에서 그 순간이 사라져버리는 다소 일시적인 자취의 의미를 띠는 단일하고 예리한 인상에서, 우리의 인생에서 실재하는 것은 순화된다"(To such a tremendous wisp constantly reforming itself on the stream, to a single sharp impression, with a sense in it, a relic more or less fleeting, of such moments gone by, what is real in our life fines itself down.)[73]라고 하여 심미적 집중성을 통한 존재의 순화라는 초월적인 심미적 상태를 열망하고 있다. 이러한 면에서 그는 심미적으로는 플라톤주의자의 면모를 가지고 있기도 했다.

2.2. 인상주의와 창조적 비평

인상과 심미적 집중성의 강조는 당연히 인상주의 내지는 감상주의 비평으로 나아가게 한다. 페이터에게 인상은 주관적 인상이고 쾌감을 주는 인상이라는 점에서 비평은 결국 그 자체가 심미비평이 된다. 아놀드가 창작과 비평의 관계에서 비평 능력보다 창작 능력의 우위성을 표방하는 듯하면서도 비평력이 선행되어야 한다거나 비평의 통

---

71 졸업논문, p.34.
72 졸업논문, p.40.
73 졸업논문, p.40.

제력을 강조하였는데 이는 그의 교양론에 바탕한 시민사회의 계도를 목적한 의도였다면, 페이터를 비롯한 심미주의 비평은 비평을 창작과 같이 예술 창작의 하나로 받아들임으로써 아놀드의 의도와는 전혀 다른 방향으로 나아가게 된다.

비평을 예술적 창작으로 받아들인다는 것은 결국 창조적 비평이라는 개념을 만들어내게 된다. 창조적 비평가에게 예술 작품이란 새로운 창작을 위한 자극이나 암시를 위한 대상에 지나지 않는다. 그러므로 창조적 비평가에게 비평은 새로운 심미적 작품이 되는 것이다. 즉 "미는 비평가를 창작가로 만들어 그 조각을 빚은 창작가의 마음에서는 일어날 수 없었던 수천의 다른 것들을 속삭여 주는 것이다."[74] 페이터가 모나리자를 "흡혈귀처럼 여러 번 죽어도 보았고, 무덤의 모든 비밀을 알고 있는 듯하다. 깊은 바다에도 뛰어들어 보았으며, 그 몰락한 날의 어스름을 주위에 두르고 있는 것도 같다. 또한 동방의 상인들과 신기한 직물 교역도 해보았을 것 같다."[75]라고 하여 분방한 상상력을 발휘하여 비유한 것도 이러한 비평의식 때문이었던 것이다. 아놀드가 창작(예술)과 비평, 그리고 시와 교양을 동일한 차원의 창조 행위로 주장함으로써 시를 시인의 사적 감정의 차원에 묶어 두지 않고 사회적이고 사상적인 활동으로 확장하고자 했다면(그래서 그는 시가 종교의 지위를 대신할 수 있다고까지 생각했다.) 페이터는 창작물(시나 예술)을 또 하나의 예술적 창조(즉 비평)를 위한 하나의 자극체로 봄으로써 예술(시)과 비평을 동일한 차원에서 바라봤던 것이다. '비평가는 법칙이 없는 상태에서 최상의 것을 선택해야' 한다는 주장도 창조적 비평을 강조한 것이다.

---

74 Oscar Wilde, The Critic as Artist(1890), *in The Complete Works of Oscar Wilde,* London: Collins, 1966, p.1030.

75 월터 페이터, 『르네상스』, 이시영 역(학고재, 2001), 127면.

김환태도 그의 글에서 예술비평 내지는 창조적 비평을 언급하고 있다. "비평가(批評家)는 문법가(文法家)도 역사가(歷史家)도 아닙니다. 그는 감동(感動)하고 표현(表現)하는 예술가(藝術家)입니다."[76], "비평가(批評家)는 그가 비평(批評)하는 작품(作品)에서 어든 효과(效果) 즉(卽) 지적(知的) 정적(情的) 전(全) 인상(印象)을 표현(表現)하고 전달(傳達)하기 위(爲)하야 어느 정도(程度)까지 창조적(創造的) 예술가(藝術家)가 되지 안으면 안 된다고 미더 움직이지 안는 자(者)이다."[77], "가장 우수(優秀)한 비평가(批評家)는 상상적(想像的) 예술가(藝術家)가 늣기고 잇는 생명감(生命感)이 강(强)한 사람이엇다."[78], "작가(作家)는 현실(現實)의 초상화(肖像畵)를 그리며, 평가(評家)는 작품(作品)의 초상화(肖像畵)를 그린다는 이 점(點)에서 비평가(批評家)는 또한 일종(一種)의 창작가(創作家)"[79] 라고 하여 창조적 비평이나 예술비평가를 주창하고 있다. 그러나 그의 이러한 비평관은 다음의 인용에서 보듯 제한적이고 유보적이다.

비평(批評)이란 감상(鑑賞)의 좀 더 세련(洗練)된 것, 다시 말하면 비평(批評)이란 감상(鑑賞)에 반성(反省)이 더하야 그보다 좀 더 객관성(客觀性)과 보편성(普遍性)을 차부(且付)하고 잇는 것이라고 생각(生覺)한다. 그러면 감상(鑑賞)이 어떠케 객관성(客觀性)과 보편성(普遍性)을 획득(獲得)하야 비평(批評)이 될 수 잇느냐? 그는 주관(主觀)에 철저(徹底)함으로써이다. 감상(鑑賞)하는 주관(主觀)이 그 자신(自身)에 철저(徹底)할진대 그 감상(鑑賞)은 객관성(客觀性)과 보편성(普遍性)을 획득(獲得)

---

76 김환태, 「문예비평가의 태도에 대하야」, 『조선일보』 1934. 4. 21~22.
77 김환태, 「문예시평 - 나의 비평의 태도」, 『조선일보』, 1934. 11. 23.
78 위의 글, 『조선일보』 1934. 11. 28.
79 김환태, 「作家·評家·讀者」, 『조선일보』 1935. 9. 10.

하야 비평(批評)이 될 것이다. 그는 순수(純粹)한 주관(主觀)은 순수(純粹)한 객관(客觀)인 까닭이다. 진정(眞正)한 나를 보는 것은 진정(眞正)한 그를 보는 것일 것인 까닭이다. 맛치 산(山)기슭애서 샘에 하눌이 빗최어 잇는 것과 가치 인간주관(人間主觀)은 우주(宇宙)의 거울이요 우주(宇宙)는 그의 본연(本然)의 자태(姿態)를 인간정신(人間精神)을 통(通)하야 현현(顯現)하기 때문이다.

그럼으로 나는 나의 비평(批評)이 단지(單只) 감상(鑑賞)에 지나지 안트래도 나의 예원(藝苑)의 순례(巡禮)의 날이 길어 갈수록 그리고 나의 감수성(感受性)을 연마(鍊磨)하여 갈수록 나의 비평(批評)은 객관성(客觀性)과 보편성(普遍性)을 획득(獲得)하야 점점(漸漸) 완전(完全)한 비평(批評)(완전(完全)한 비평가(批評家)는 오즉 신(神)뿐이다. 인간(人間)은 언제나 불완전(不完全)한 비평가(批評家)다)에 갓가위 갈 줄 밋는다.[80]

그는 순수한 주관을 강조하면서도 반성과 객관성과 보편성, 완전한 비평이라는 가치를 결코 놓치지 않는다. 비평에 대한 이러한 태도는 김환태의 비평에서 일관하는 중심된 입장이다. 그가 가끔 비평가를 예술가나 창작가로 표현한다고 해도 그의 비평가에 대한 기본적인 입장은 위의 인용에서 보이는 것에서 결코 벗어나지 않는다. 이는 그의 비평론이 "창조적 활동의 행복한 실행을 위해 창조력이 그 스스로 유용하게 이용할 수 있는 지적 상황을 만들고 사상의 체계를 확립하는 것이 비평력이 하는 일"[81]이라는 아놀드의 주장을 바탕으로 하면서도 나아가 비평 산파론과 비평가 변호인론이라는 그의 비평가론에 중요성을 더 부여하고 있기 때문이다. 1920~30년대 프로비평이

---

80 김환태, 「문예시평 - 나의 비평의 태도」, 『조선일보』 1934. 11. 23~25.
81 졸업논문, p.6.

과학주의를 앞세우며 비평의 '입법자(立法者)와 재판관(裁判官)'[82]이 되려고 한 당대의 평단의 문제에 대응하여 비평의 과학주의도 그렇다고 순수 예술주의도 아닌 나름의 균형을 유지하려는 노력의 결과이기도 하다.[83] 심미주의 비평론 내지는 창조적 비평론에 대한 가장 선명한 주장은 비평을 "창작과는 별개의 불가침의 어떤 독립한 예술 영역"[84]이라고 하여 비평을 제 2의 창작이라고 주장한 김문집에 의해서였다. 김환태는 비록 인상주의의 비평관을 갖고 있었지만 심미주의 비평가나 창조적 비평가의 쪽으로 결정적으로 기울어지지는 않았던 것이다.

2.3. 예술 그 자체를 위한 예술론

월터 페이터의 예술관은 결국 '예술 그 자체를 위한 예술'로 이어지는데 그에 의하면 인생의 목적은 경험의 결과가 아니라, 경험 그 자체이며, 경험에 없어서는 안 되는 것은 인생에 대한 강렬한 감각이고 (그 강렬한 감각에 의해 쾌락의 황홀경에 이르는 것이 인생에서의 성공이며), 경험 그 자체를 위한 경험이라는 관념은 당연히 예술에 대한 관념으로 이어져 결국 '예술 그 자체를 위한 예술'의 개념으로 귀결(The idea of experience for its own sake inevitably lead him to the

---

82 김환태 「作家・評家・讀者」, 『조선일보』 1935. 9. 5.
83 「매튜 아놀드의 문예사상 일고」와 「페이터의 예술관」의 내용은 그의 대학 졸업 논문과 거의 유사한 내용이고 그의 졸업논문은 매슈 아놀드의 비평집 *Essays in Criticism*과 페이터의 비평집 *The Renaissance*를 각각 거의 그대로 인용・반영하고 있는데 많은 연구자들은 「매튜 아놀드의 문예사상 일고」와 「페이터의 예술관」을 김환태 자신의 문학관 그 자체로 오해하는 경우가 있다.
84 김문집, 「비평예술론」, 『동아일보』 1937. 12. 7, 『비평문학』, 청색지사, 1938, 61면.

conception of art for its own sake.)된다는 것이다.[85]

'인생의 목적은 경험의 결과가 아니라, 경험 그 자체이다. 변화무쌍하고 극적인 삶을 사는 우리에게 주어진 것은 단지 숫자가 정해진 맥박 수 일 뿐이다. 어떻게 하면 우리가 가장 뛰어난 감각으로 그 정해진 맥박 속에서 볼 수 있는 모든 것을 볼 수 있을 것인가? 어떻게 하면 우리가 가장 신속하게 점에서 점을 지나, 무수한 생명력이 그들의 가장 순수한 에너지를 결집하는 핵심에 항상 참석할 수 있을까?'

'Not the fruit of experience, but experience itself, is the end of our life. A counted number of pulse only is given to us of a variegated, dramatic life. How may we see in them all that is to be seen in them by the finest senses? How shall we pass most swiftly from point to point, and be present always at the focus where the greatest number of vital forces unite in their purest energy?[86]'

경험 자체가 목적이고 그 결과에는 관심이 없으므로 인생에는 순간만이 존재한다. 그 속에는 우리에게 정해진 것은 단지 숫자가 정해진 맥박수일 뿐이고 인생은 '집행이 무기연기된 사형 선고를 받고 있는'(We are all under the sentence of death with a sort of indefinite reprieve.)[87] 존재일 뿐이라는 염세적 세계관이 그림자를 드리우고 있다. 염세주의는 쾌락주의와 닿아 있다. 맥박수가 정해진, 사형 선고를 받고 있는 순간의 존재라면 순간의 쾌락을 좇을 수밖에 없다. 그리하여 '무수한 생명력이 그들의 가장 순수한 에너지를 결집하는 핵

---

85 졸업논문, pp.41-44.
86 졸업논문, pp.41-42.
87 졸업논문, p.43.

심'인 '견고하고 보석 같은 불꽃'의 '쾌락의 황홀경'에 머무는 것(To burn with this hard, gemlike flame, to remain this ecstasy)[88]이 인생의 목적인 것이다.

페이터에 대한 김환태의 이러한 논의는 나중에 발표한 그의 비평 「페이터의 예술관」에서 일부를 제외하고 거의 그대로 번역되어 실리지만 그것이 김환태의 예술관을 대변하는 것은 물론 아니다. 그는 이러한 생각을 그의 다른 글에서 다시 표명하는데 그 의미는 페이터의 것과는 사뭇 다른 그만의 것으로 나타난다.

상술(上述)한 바와 가티 예술가(藝術家)에 필요(必要)한 것이 경화(硬化)한 사상(思想)이 아니라면 그 외(外)에 무엇이냐? 그는 사상(事象)에 잇서서의 관념적(觀念的) 내용(內容)을 직관(直觀)하고 구상화(具象化)하는 감각적(感覺的) 상상(想像)이다. 그럼으로 정밀(精密)하고 청신(淸新)한 감각적(感覺的) 상상(想像)을 가지기 위(爲)하야 예술가(藝術家)는 그의 생활태도(生活態度)에 잇서서도 어린애와 가티 생활(生活)을 어떤 외적(外的) 목적(目的)에 봉사(奉仕)시기는 것이 아니라 생활(生活) 그것을 위(爲)한 생활(生活)을 하지 안흐면 아니 된다. 즉(卽) 생활(生活)의 목적(目的)을 경험(經驗)의 결과(結果)에 두는 것이 아니라 경험(經驗) 그것에 두지 안흐면 아니 된다. 그리하여야만 각각(刻刻)으로 소멸(消滅)하고 각각(刻刻)으로 발생(發生)하는 이 세계(世界)에서, 한 순간(瞬間)에서 한 순간(瞬間)으로 가장 민첩(敏捷)히 이동(移動)하고 각(各) 순간(瞬間)을 최대한(最大限)으로 확충(擴充)할 수 잇슬 것이며 따라서 그곳에서 새로운 미(美)와 신비(神秘)를 차즐 수가 잇슬 것이다.

예술가(藝術家)가 그의 예술가(藝術家)로서의 생활(生活)을 통절(痛

88 졸업논문, p.45.

切)이 생활(生活)할 때 상술(上述)한 바와 가티 그는 생활(生活)을 위(爲)한 생활(生活)을 영위(營爲)하게 되며 그의 작품(作品) 제작(製作)에 잇서서도 결(決)코 그의 작품(作品)이 완성(完成) 후(後)의 공리성(功利性)에 목적(目的)을 두는 것이 아니라 작품(作品)의 완성(完成) 그것에 목적(目的)을 두게 된다. 그리고 이 점(點)에서만 우리는 저 예술(藝術)의 천재(天才)들이 온갖 간난(艱難)과 고통(苦痛) 속에서도 각골부심(刻骨腐心)하며 창작(創作)에 정진(精進)한 이유(理由)를 발견(發見)할 수 잇는 것이다.[89]

이 글은 그의 글이 그래왔던 대로 카프의 목적주의 비평을 염두에 두고 있다. 사상은 전제적이고 인간을 통제하며 어린이는 주관적 분석이나 이론적 편견이 없으므로 예술가는 어린이 같은 순수의 세계로 돌아가야 한다는 것이다. 그리고 예술가는 그의 예술가로서의 생활을 통절히 할 때 작품의 완성, 즉 단테나 셰익스피어나 밀턴, 괴테 등과 같은 각골부심의 끝에 도달하게 되는 예술적 천재에 이르게 된다는 것이다. 이는 페이터의 쾌락주의의 예술관보다는 오히려 고전적 예술관에 가깝고 순수성의 감동이라는 면에서는 낭만적이기도 하다. 김환태의 이와 같은 생각은 그가 페이터의 영향 속에 있었으면서도 당대의 카프의 목적주의 문학의 대척점에서 그것에 대한 비판을 언제나 염두에 두면서 그의 생각이 조정된 결과의 산물일 것이다. 그 자신의 문학적 체질도 그러했겠지만 더구나 카프 문학의 한계를 지적하는 입장에서 페이터의 심미주의 예술론을 카프에 대한 비판의 논리로 막무가내로 내세우기가 불가했음도 당연한 것이다. 어쨌든 페이터의 쾌락적 심미주의 예술관은 결국 '예술 그 자체를 위한 예술'

---

89 김환태, 「예술의 순수성」, 『조선중앙일보』 1934. 10. 30.

의 개념으로 이어진다.

　시적 열정과 미에 대한 열망과 예술 그 자체를 위한 사랑이 그러한 지혜의 대부분을 가지고 있다. 왜냐하면 예술은 스쳐 지나가는 순간에, 그리고 그러한 순간만을 위하여 솔직히 오직 가장 높은 질(quality)을 당신에게 부여하려 하기 때문이다.

　여기서 우리는 페이터의 인생철학과 예술관 사이의 가장 밀접한 관계를 발견한다.

　경험 그 자체를 위한 경험의 관념은 예술 그 자체를 위한 예술의 개념으로 그를 이끈다.

　그(페이터)가 '어떤 형식이 손이나 얼굴 모양으로 점점 완전하게 되고, 언덕과 바다에 대한 어떤 색조가 나머지보다 더 두드러지고, 열정이나 통찰이나 지적 자극이 우리에게 억제할 수 없이 진실되고 매력적인 매 순간, 오직 그 순간'에 대해 말했을 때, (……)

　'이 견고하고 보석 같은 불꽃을 태움과, 이러한 황홀경에 머무르는 것이 인생에서의 성공이다. 그러므로 세상의 아이들 가운데서 가장 현명한 아이는 사형의 무기 연기의 기간을 연장하고 주어진 시간 안에 가능한 많은 (심장의) 박동을 취하기 위하여 예술과 노래로서 죽음의 무기 연기된 기간을 소비하는 것이다.'

Of such wisdom, the poetic passion, the desire of beauty, the love of art for its own sake, has most. For art comes to you proposing frankly to give nothing but the highest quality to your moments as they pass, and simply for those moments' sake.

Here we find most intimate relation between his philosophy of life and view of art.

The idea of experience for its own sake inevitably lead him to the conception of art for its own sake.

When he said 'every moments some form grows perfect in hand or face; some tone on the hills and the sea is choicer than the rest; some method of passion or insight or intellectual excitement is irresistibly real and attractive to us, - for the moment only', (……)

'To burn with this hard, gemlike flame, to remain this ecstasy, is success in life. And it is the art which help this success in life. Therefore the wisest among the children of the world spent their interval of reprieve of death in art and song to expand that interval and get as many as pulsations as possible into the given time.'[90]

페이터에게 있어서는 '시적 열정과 미에 대한 열망과 예술 그 자체를 사랑'하는 심미적 인간이 지혜로운 인간이다. 그러한 심미적 감각을 갖춘 사람이 가장 순화된 인간, 완성된 인간이다. 인상은 순간적이라는 숙명을 지니고 있지만 '진실 되고 매력적인' 오직 그 순간을 포착하여 예술과 노래로써 '보석 같은 불꽃을' 태우며 황홀경에 머무는 것이 사형이 연기된 사형수의 정해진 맥박 수를 현명하게 소비하여 인생에서의 성공을 거두고 우리 인생에서 실재하는 것을 순화시킬 수 있는 것이다.

원래 '예술을 위한 예술'론은 아놀드의 교양론에서 나온 말이었다. 빅토리아 시대를 종교가 속물화되고 사상의 붕괴가 일어나고 있다고 여겼던 아놀드는 최고의 시가 종교를 대신하여 인간을 구원할 수 있다고 믿었다. 이러한 태도는 문학과 사상과 종교와 윤리가 고립되고 혼란에 빠진 것을 종합하여 구제하려는 노력의 하나였다. 그러므로

---

90 졸업논문, pp.44-45.

이러한 인본주의적 태도는 그로 하여금 예술을 위한 예술을 거부하게 만들었다. 그러나 페이터는 아놀드의 이와 같은 인본주의적인 사회적 인식과는 달리 예술을 종교와 사상에서 절연된 감각적 인상과 정서적인 측면으로 이끌어가는데, 그에게는 예술만이 가장 고귀한 것을 일깨우고 인생의 지혜를 가져다 주는 가장 중요한 대상이라 믿었기 때문이다. 페이터는 예술을 통해 인생의 지혜를 얻으려 했다는 점에서 그의 예술지상주의적 예술관은 그대로 그의 인생관이며 그의 윤리관이기도 하며 예술은 종교나 윤리를 뛰어넘는 최고의 위치에서 그 자체로서의 고귀한 가치를 가지고 있다는 점에서 예술지상주의의 선언이었다. 이러한 태도는 인생과 예술을 혼동했다는 비난과 함께 탈도덕적 쾌락주의라는 비난을 받았지만 그는 적어도 그의 후배들보다는 도덕주의자였던 것이다.

김환태는 「페이터의 예술관」에서 일부의 내용을 덧붙이거나 제외하긴 했지만 졸업논문의 내용을 충실히 옮겨 싣고 있다.[91] 그렇지만 김환태의 예술관은 그의 글 「余는 예술지상주의자」(『조선일보』 1938. 3. 3)에서 잘 드러난다. 이 글의 첫머리에서 그는 '나는 예술지상주의자다'라고 하여 스스로 예술지상주의자를 자처한다. 그러나 그의 예술지상주의는 페이터의 것과는 꽤 거리가 있다.

---

91 문학사상자료조사연구실에서 편찬한 『김환태전집』(1988)에는 『조선중앙일보』에 실렸던 글 「페이터의 문예관」(1935. 3. 30~4.6) 가운데 2회분(1935. 4. 3~4. 5)이 판독불량으로 누락되어 있는데, 최근에 나온 권영민 교수 편의 『김환태전집』(문학사상사, 2012)에도 같은 이유로 그 부분이 누락되어 있었다. 그러나 본 연구자가 확인한 바에 의하면 판독불량으로 누락된 부분이 그다지 판독이 불가능한 것은 아니었다. 20여 년이 지나서 새롭게 출간된 귀한 전집이 원전 확인 작업의 소홀로 인해 그 빛이 덜한 것 같아 아쉬웠다. 이에 본 연구자는 이 저서의 연구 주제와 관련된 글 「매튜 아놀드의 문예사상 一考」와 「형식에의 痛論者 - 페이터의 예술관」을 판독 불량으로 누락된 원문을 복원하여 수록하였다.

나는 그들이 규정(規定)하는 그런 예술지상주의자(藝術至上主義者)는 아니다. 그러나 그들과 가티 문학(文學)을 정치(政治)에 예속(隷屬)시킴으로써, 그 곳에서 인생(人生)과 문학(文學)과의 관계(關係)를 맺게 하랴는 그런 정치지상주의자(政治至上主義者)도, 한 작품(作品) 속에 담긴 사상(思想)을 곳 문학(文學)으로 아는 그런 내용지상주의자(內容至上主義者)도 아니다. 나는 누구보다도 인생(人生)을 사랑하는 사람이다. 그러기 때문에 예술(藝術)을 또한 무엇보다도 사랑하야, 인생(人生)에 대(對)한 사랑과 예술(藝術)에 대(對)한 사랑을 융합(融合)시키고 생활(生活)과 실행(實行)의 정열(情熱)을 문학(文學)과 결합(結合)시키랴는 사람이다.[92]

김환태의 비평이 거의 언제나 당시의 계급적 목적주의 문학을 염두에 두었다는 사실은 여기서도 예외는 아니다. 예술지상주의를 자처하긴 했지만 문학을 인생의 유일 최고의 목적이라 주장하지도, 문학과 인생과의 관계를 단절하려 하지도, 문예작품 속에서 그 내용을 완전히 거세하여 버리려는 형식지상주의자도 아니라고 스스로를 규정한다. 그리고 문학을 정치에 예속시키는 정치지상주의자도, 사상을 곧 문학으로 아는 내용지상주의자도 아니라고 한다. 그러므로 그의 예술관(예술지상주의)은 그 양 극단의 중간 지점 어디 쯤에서 균형을 맞춘 쪽이라 할 수 있다. 그 균형된 지점이란 '인생에 대한 사랑과 예술에 대한 사랑을 융합시키고 생활과 실행의 정열을 문학과 결합시키는' 지점이라 하겠다.

그는 문학이 가지는 인생에의 효용을 문학의 선동성, 계몽성에서가 아니라 내용과 형식이 유기적으로 결합된 한 전체로서의 작품이

---

92 김환태, 「余는 예술지상주의자」, 『조선일보』 1938. 3. 3.

주는 기쁨 속에서 찾아야 한다고 하는 쾌락적 효용론을 주장하고 그 기쁨이란 자기목적적이므로 진정한 예술가는 언제나 예술지상주의자이며 진정한 예술가는 또한 작품지상주의자라고 주장한다.

우리가 한 작품에서 얻는 기쁨이란 그 형식에서도 내용에서도 오는 것이 아니요 형식과 내용으로 분리하지 못할 그것들의 완전한 융합으로서의 작품 그것에서 오기 때문에 우리는 언제나 한 전체로서의 작품 그것에 즉하지 않으면 안된다. 그러므로 진정한 예술가는 그리고 가장 큰 기쁨을 작품 속에서 캐내려는 사람은 형식지상주의자도 내용지상주의자도 아닌 작품지상주의자가 되지 않으면 안 된다.[93]

작품에서의 기쁨이란 형식과 내용의 완전한 융합, 한 전체로서의 작품에서 오는 것이므로 진정한 예술가는 형식지상주의자도 내용지상주의자도 아닌 작품지상주의자가 되지 않으면 안 된다는 예술 유기체론을 주장한다. 그러나 페이터가 "모든 예술은 끊임없이 음악의 상태를 열망 한다"(All art constantly aspires towards the condition of music)[94]라고 했을 때의 페이터의 입장은 예술에서 내용의 희생을 강요하는 것이었다. '예술을 위한 예술'이라는 예술지상주의는 사상적·철학적·종교적 의미를 배제한다. 마찬가지로 비평이 예술의 상태를 지향한다는 것도 극단적으로는 비평에서 내용이 배제된 순간적 인상에 충실한 결과 얻어질 수 있는 것이다. 따라서 김환태의 예술지상주의자 발언은 '선전삐라'와 다를 바 없는 계급적 선동이나 계몽문학의 대척점에서 문학 본연의 순수한 가치를 회복하고 형식과 유리

---

93 위의 글.
94 졸업논문, p.48.

된 내용이 아니라 형식화된 내용, 작품화된 내용을 강조한 의미였다 할 것이다.

2.4. "모든 예술은 음악의 상태를 열망한다"(내용과 형식)

김환태가 페이터와 관련하여 그의 졸업논문에서 다룬 또 하나의 중요한 주제는 내용과 형식의 문제이며, 그 핵심 명제는 '모든 예술은 음악의 상태를 열망한다'라는 말로 요약된다.

페이터는 「조르조네 유파」에서 각 예술은 그 자체의 독특한 영역을 가지고 있으므로, 각 예술의 감각적 소재는 다른 어떤 형식으로 바꿀 수 없는 미의 특별한 양상이나 특질, 종류에 있어서 뚜렷이 구별되는 인상의 체제를 불러일으킨다고 주장한다. 예술은 순수 감각에 초점을 맞추는 것도 아니고 순수 지성에 초점을 맞추는 것도 아닌, 감각을 통한 '상상적 이성'에 초점을 맞추는 것이므로, 감각 그 자체에 대한 재능의 종류에 차이가 있다는 것이다. 그러므로 각 예술은 상상에 도달하는 그 자체의 독특한 양식과 그것의 소재에 대한 독특한 책임을 가지고 있다고 그는 주장한다.[95]

예술은 순수 감각만이거나 순수 지성만이 아닌 감각을 통한 상상적 이성에 의한다는 말이다. 그런데 '상상적 이성'이라는 말은 매슈 아놀드가 먼저 사용한 것이다. '상상적 이성'이란 낭만적 상상력에 이성의 요소를 부가함으로써 적절한 심미적 거리를 유지하려는 입장이다. 여기에 페이터는 '감각을 통한'이라는 단서를 하나 더 붙임으로써 다시 이성의 부분을 축소시키고 있다. 그가 얼마나 감각주의자였는가를 새삼 드러내는 부분이다.

---

95 졸업논문, p.46.

그러나 각각의 예술은 독일의 비평가들이 영외귀향성(Anders streben, 營外歸向性)이라고 부르는 것, 즉 그 자체의 제한된 범위로부터 이탈하여 어떤 다른 예술의 상태로 바뀌기를 열망하는데, 그 열망의 대상이 바로 음악의 상태라고 한다. 즉 '모든 예술'은 '끊임없이 음악의 상태를 열망한다'[96]는 것이다.

'모든 종류의 예술에서 형식(form)과 소재(material)를 구별하는 것이 가능하고 이해력이 항상 이러한 구별을 할 수 있도록 한다 할지라고, 그것을 강요하는 것은 예술의 부단한 노력이다. 시의 단순한 내용, 예컨대 그것의 주제, 즉 그것의 주어진 사건과 상황은ー그림의 단순한 내용과 한 사건의 실제적인 환경과 한 풍경의 실제적 지형은ー그것을 다루는 형식과 정신을 배제하고는 아무것도 아니며, 그것을 다루는 이와 같은 양식, 즉 이 형식은 내용의 모든 부분에 침투해 있어야 한다. 이것을 얻기 위해 모든 예술이 끊임없이 노력하고 서로 다른 수준으로 성취하는 것이다.'

'For while in all other kinds of art it is possible to distinguish the material from the form, and the understanding can always make this distinction, yet it is the constant effort of art to obligate it. That the mere matter of poem, for instance, its subject, namely, its given incidents or situationーthat the mere matter of a picture, the actual circumstances of an event, the actual topography of a land scapeー should be nothing without the form, the spirit, of the handling, that this form, this mode of handling, should penetrate every part of the matter; this is what all art constantly strives after and achieves in

---

96 졸업논문, pp.47-48.

different degrees.'[97]

　물론 페이터가 말하는 영외귀향성은 그림이 음악의 상태를, 음악이 그림의 상태를, 또 음악이 시의 상태를, 시가 음악의 상태를 지향하는 것과 같이 각자 스스로의 완전성을 위해 상호적 노력을 하는 것이지만 특히 음악의 상태를 열망하는 것이 심미주의의 법칙이다. 왜냐 하면 모든 종류의 예술에서 형식과 내용을 구별하는 것이 가능하지만 형식은 내용의 모든 부분에 침투해 있어야 하는데, "이와 같은 내용과 형식의 완전한 일체화라는 심미적 이상을 가장 완벽하게 실현하는 것이 음악 예술"(It is the art of music which most completely realise this aesthetic ideal, this perfect identification of matter and form)[98]이기 때문이다. 그러므로 페이터는 "시에서보다는 오히려 음악에서 완전한 예술의 진정한 전형과 기준이 발견될 수 있다."(In music, then rather than in poetry, is to be found the true type or measure of perfected art.)[99]라고 주장한다. 그는 음악에서 내용과 형식의 구별이 없고 일상의 반예술적 요소가 철저히 배제된 가장 순수한 상태를 발견한다.

　페이터는 "심미적 비평의 중요한 기능의 하나는, 새로운 예술 생산품이든 오래된 것이든간에 그러한 각각의 생산품들이 이러한 의미에

---

97 졸업논문, pp.48-49.
　페이터의 글 영어 원문 「The School of Giorgione」에서는 위의 인용의 밑줄친 부분과는 달리 'material'이 'matter'(내용)로 되어 있고, 'obligate'(강요하다)이 아닌 'obliterate'(지우다)로 되어 있는데(*The Renaissance*, Univ. of California Press, 1980(1893 text), p.106) 당연히 원문대로 고쳐야 의미상으로 뜻이 통한다. 이는 김환태가 졸업논문을 작성하면서 잘못 표기한 결과로, 그가 후에 발표한 글 「페이터의 예술관」(『조선중앙일보』 1935. 4. 2)에서도 바로잡지 않은 채 그대로 '강요(强要)하는'으로 기술하고 있고, 'material'은 '내용'으로 옮기고 있다.
98 졸업논문, p.50.
99 졸업논문, p.50.

서 음악의 법칙에 어느 정도 접근했는지를 평가하는 것이다"(one of the chief functions of aesthetic criticism, dealing with the products of art, new or art, is to estimate the degree in which each of those products approaches in this sense, to musical law.)[100]라고 말한다. 졸업논문에서는 논의되지 않았지만 페이터는 짧은 형식의 서정시를 내용과 형식의 구별이 최소화된 이상적인 장르라고 생각했다. 그리고 졸업논문에서 김환태는 페이터가 '음악'이라는 단어를 어떠한 의미로 썼는지 다음과 같이 설명하고 있다.

그는 그 단어를 예술의 한 종류로서 분류적인 음악을 의미한 것이 아니라, 내용과 형식의 가장 완전한 일체화의 상태를 의미하며, 음악의 법칙과 원리만이 완전하게 실현할 수 있다는 그 표현의 동기를 의미하는 것이다.

우리가 이와 같이 음악이라는 말의 의미를 이해할 때에 페이터 씨의 음악 이론에 대한 모든 이해는 완전히 해소될 것이다.

He meant by it not the systematic music as a sort of art, but the condition of most perfect indentification of the form with the matter, and motive with the expression, which the law or principle of music alone completely realises.

When we take the meaning of the word like this, all the misunderstandings about the music theory of Mr. Pater will cleared off.[101]

---

100 졸업논문, p.51. 영어 원문의 'new or art'는 'new or old'의 오기임.
101 졸업논문, pp.51-52.

김환태는 페이터가 형식에 있어서 '음악'을 강조한 것은 음악 장르 그 자체를 강조한 것이 아니라 내용과 형식의 완전한 일체화라는 의미에서의 음악의 원리적 특성을 강조한 것이라고 설명하고 있다. 페이터의 이러한 태도에서는 내용과 형식의 동등한 일체화라기보다는 지적 내용의 희생을 포함하고 있음을 감지할 수 있겠다.

졸업 후 전개된 김환태의 비평에서도 내용과 형식의 문제는 자주 언급되는데, 그러한 비평들에서는 졸업논문에서와는 의미와 내용에서 상당한 차이를 보인다.

> 진정(眞正)한 시적(詩的) 경험(經驗)에 있어서는 우리는 내용(內容)과 형식(形式)을 구별할 수 없는 것이며, 따라서 시적(詩的) 가치(價値)는 그것만으로써 구별(區別)할 때에만 존재(存在)할 수 있는 내용(內容)이나, 또 이와 같은 방법(方法)에 의(依)하야 얻을 수 있는 형식(形式) 여하(如何)에 의존(依存)하지 않는 것은 물론(勿論) 형식(形式)과 내용(內容)을 결합(結合)한 데도 있지 않고, 다만 그 양자(兩者)의 구별(區別)이 소멸(消滅)할 때에만 비로소 발생(發生)하는 것이었다.
>
> 그러므로 우리는 시(詩)에 있어서 내용(內容)과 형식(形式)을 구별(區別)하여 놓고, 내용(內容)을 편중(偏重)하므로써 빠지기 쉬운 사상(思想) 여하(如何)로 시(詩)의 가치(價値)를 평가(評價)하랴는 유혹(誘惑)에서 버서나지 않으면 안 된다.[102]

> 예술작품(藝術作品)이란 요소(要素)의 집단(集團)이 아니라 유기적 통일체(有機的 統一體)임으로, 산 우리의 육체(肉體)와 생명(生命)을 구별(區別)할 수가 업는 것과 가티 우리는 예술작품(藝術作品)의 내용(內

---

[102] 김환태, 「시와 사상」, 『詩苑』 1권 5호(1935. 12. 1.).

容)과 형식(形式)을 따로따로히 구별(區別)하여 생각할 수가 업다. 다시 말하면 작품(作品)은 그것이 형식(形式)과 내용(內容)으로 분리(分離)되기 이전(以前)의 한 완전(完全)한 통일체(統一體)요 형식(形式)과 내용(內容)의 두 요소(要素)의 결합체(結合體)는 아니다. 형식(形式)이란 내용(內容) 그것에 의하야 스스로 산출(産出)되는 것이요 내용(內容)이란 스스로 산출(産出)한 형식(形式)에 의(依)하야 결정(結定)되는 것이기 때문이다. (……)

그러타고 나는 어떠한 때를 물론(勿論)하고 형식(形式)과 내용(內容)은 도저(到底)히 구별(區別)히어 생각할 수 업다는 것은 아니다. 이는 일즉이 어느 기회(機會)에 말한 바이나 가치(價値)의 구극적(究極的) 원리(原理)의 문제(問題)에 저촉(抵觸)하지 않는 한(限) 즉(即) 형식(形式)과 내용(內容)이 미적(美的) 관조자(觀照者)에 대(對)하야 존재(存在)하는 대상(對象)의 외면(外面) 및(及) 표면(表面)의 형식(形式)과 내부적(內部的)으로 경험(經驗)된 것 또는 감정적(感情的)으로 경험(經驗)된 심상(心象)을 의미(意味)하는 한(限) 우리는 형식(形式)과 내용(內容)의 구별(區別)을 용인할 수가 잇다.[103]

이에 잇서서 다시 한번 작품(作品)이란 소재(素材)로써의 사상(思想)과 현실(現實)에 작가(作家)의 상상력(想像力)과 감정(感情) 속에 용해(溶解)되야 그의 이상(理想)의 지시(指示)하는 방향에 딸아 한 완전(完全)한 유기체로써 산출(産出)되는 것이라는 나의 주장(主張)은 형식(形式)과 내용(內容)을 구별(區別)할 여지(餘地)를 주지 안는 것이며 비평(批評)에 잇서서 얼마만한 정도(程度)로 그것들이 수행(遂行)되엿는가를 측정(測定)하려는 것이, 다시 말하면 형식(形式)과 내용(內容)으로 구별

---

103 김환태, 「批評態度에 대한 辯釋」, 『조선일보』 1936. 8. 7.

(區別) 이전(以前)의 작품(作品) 그것으로서의 완성(完成) 정도(程度)를 측정(測定)하려는 나의 비평(批評) 태도(態度)가 결(決)코 비평(批評)을 형식적(形式的) 측면(側面)에만 한정(限定)하야 비평(批評)하랴는 것이 아니라는 것을 이해(理解)할 수가 잇슬 것이다.[104]

김환태는 먼저 「시와 사상」(『시원』, 1935.12.1)에서 진정한 시적 경험은 내용과 형식을 구별할 수 없는 것은 물론이고 형식과 내용의 단순한 결합이 아닌 양자의 구별이 소멸된 상태에서만 발생할 수 있다고 설파한다. 그리고 내용과 형식을 구별하여 내용에 편중하고 사상 여하로 시의 가치를 평가하려는 유혹에서 벗어나지 않으면 안 된다고 강조한다.

김환태의 이러한 생각은 「비평의 태도에 대한 변석」(『조선일보』 1936. 8. 6~14)에서도 계속된다. 예술작품에서 내용과 형식은 서로 분리될 수 없이 상호결정성을 가지는 완전한 유기적 통일체라는 것이다. 그러면서 그는 내용과 형식은 철저히 구별할 수 없다는 것은 아니라는 견해도 제시하는데, 그것은 가치의 궁극적 원리, 즉 미적 관조자에게 평가되고 경험된, 다시 말하면 그 대상이 미적 경험의 결과라면 내용과 형식은 구분하여 논의될 수도 있다고 한다. 사상과 현실이 작가의 상상력과 감정 속에 융해되어 얼마 만큼 완전한 유기체로서 완성되었는가가 중요한 것이지 결코 형식적 측면만을 강조하려는 것은 아니라는 것이다.

이러한 김환태의 일관된 비평관은 그가 당시의 문단 상황, 즉 계급적 이념주의가 지배하여 예술적 가치가 실종된 상황을 타개하려고 나름대로 얼마나 애썼는가를 알 수 있다. 즉 그의 졸업논문에서 보였

---

104 위의 글, 『조선일보』 1936. 8. 8.

던 내용·형식에 대한 페이터의 심미주의적 입장이 김환태에게 와서는 이념주의에 대한 경계와 비판으로 관점이 옮겨 와 있음을 알 수 있는 것이다.

그러면서 작품으로서의 완성 정도를 말하려는 것이지 형식적 측면에만 한정하여 비평하려는 것은 아니라는 균형잡힌 시각을 보임으로써 계급주의 진영의 비난을 피하고 문학예술 본연의 가치를 살리려 하고 있다. 페이터가 보여주었던 예술관이 당시 식민지 조선의 현실에서 김환태에게 와서는 결국 이념주의와 예술성의 포기냐 현실과 비용이 예술적 승화냐의 문단 현실적 문제로 나아가게 된 것이다.

2.5. 문학의 장르와 문체

페이터와 관련하여 김환태가 그의 대학 학위 논문에서 다룬 마지막 주제는 역시 페이터 비평의 궁극적 문제이기도 한 문학의 장르와 문체의 문제, 그리고 좋은 예술과 위대한 예술에 대한 그의 결론이다.

김환태의 논문에서 페이터는 시에서도 혼합된 전망과 사상과 논리적 구조를 발견할 수 있고 산문에서도 시라고 부를 수 있는 것을 확인할 수 있기 때문에 산문과 운문, 산문과 시 사이의 차이를 지나치게 협소하게 제한하는 것은 큰 잘못이라고 주장한다.

그리고 그는 진실로 예술을 구별하는 것은 상상력(imaginative power) 그 자체라고 하고 오직 상상력에 의해서만 사실로 구성된 예술로부터 상상적 예술을 구별할 수 있다고 말한다.[105]

상상적 예술은 '더 이상 사실의 표현이 아니라 사실에 대한 감각의

---

105 졸업논문, pp.52-53.

표현인데, 즉 현재의 불완전한 상황에서 뚜렷이 인식되거나 전망적이거나, 실제 세계로부터 다소 변화된, 세계에 대한 예술가의 독특한 직관의 표현이다.' 그리고 예술은 '독자가 작가의 정신을 파악하고 그와 함께 생각하도록 호소한다.'

The imaginative art is 'an expression no longer of fact but of the sense of it, of the artist's peculiar intuition of a world, prospective, or discerned below the faulty conditions of the present, in either case changed somewhat from the actual world.' and it 'appeals to the reader to catch the writer's spirit, to think with him.'[106]

상상적 예술이란 사실의 표현이 아니라 사실에 대한 감각의 표현이며, 세계에 대한 예술가의 독특한 직관의 표현이라는 것이다. 여전히 감각과 직관이 강조된다. 그러므로 페이터에 있어서 훌륭한 예술이란 '감각의 표현이 가지는 진실성'(the truth of his presentment of that sense)이며, 감각적 표현의 진실성이야 말로 곧 '있는 그대로의 사실에 대한 진실성'(truth to bare fact)이며, "모든 미는 결국은 진실성의 훌륭함인 것이다"(All beauty is in the long run only fineness of truth).[107]

즉 페이터에게 있어서 '있는 그대로 본다는 것'의 의미는 감각과 직관으로 본다는 것을 의미한다. 키이츠(John keats)가 「그리이스 항아리에 부치는 송가」에서 "아름다움은 진실이요 진실은 아름다움이로다."라고 노래한 심미주의적 공식이 페이터에게 와서 감각의 요소가 강조되면서 되풀이되고 있는 것이다. 여기서 더 나아가 오스카 와일

---

106 졸업논문, pp.53-54.
107 졸업논문, p.54.

드는 진실성 자체까지 거부함으로써 더 철저히 심미주의로 빠져들었던 것이다.

김환태도 그의 비평에서 진실성을 강조하는데 그가 언급한 의미를 보면 다음과 같다.

「진실」이란 말이 감정(感情)을 수식(修飾)할 때에는, 자기부정(自己否定)과 비과장(非誇張)과 무수식(無修飾)을 의미(意味)하는 것이다. 따라서「생(生)의 가장 진실한 느껴움」만을 적으랴는 시인(詩人) 김상용(金尙鎔)은 모든 느껴움에 오로지 자기(自己)를 내어 맡긴다. 자기(自己)의 마음을 비워놓고 그 속에 생(生)의 온갖 느껴움을 조금도 흘림없이 받아들이려고 한다. 그리하여 생의 느껴움을 과장(誇張)하거나 수식(修飾)하지 않으며, 그리하므로 통곡(痛哭)하거나 고함(高喊)치거나 하지 않는다. 이에 그의 마음은 생(生)의 느껴움에 대(對)하여 언제나 공정(公正)하다. 공정(公正)하므로 그의 생(生)의 느껴움은 결(決)코 침통(沈痛)하고 격렬(激烈)하지 않으며, 그의 시(詩)는 심각(深刻)하거나 열렬(熱烈)하지 않다.[108]

위의 인용에서 알 수 있듯이 페이터와 김환태 모두에게 있어서 훌륭한 예술이란 진실성의 훌륭함이라는 면에서 일치한다. 그런데 페이터에게 있어서 진실성이 감각의 표현이 가지는 진실성이라면, 김환태에 있어서는 감정의 문제로 좀더 기울어지게 된다.

즉 김환태에게 진실이란 '자기부정과 비과장과 무수식'을 의미하는 것으로 '생의 가장 진실한 느껴움'만을 받아들이는 때이다. 카프문학이 모더니즘을 포함하여 감각주의 비평을 기교주의로 비난했을 때 그 비판에서 자유롭기 위해서는 감각의 개념에서 비켜나는 것이었으리라.

---

108 김환태, 「시인 김상용론」, 『文章』 1권 6호(1939. 7. 1.).

김환태도 감각이 아닌 감정의 공정함을 강조함으로써 페이터와 다른 진실성을 강조하고 있는 것이다. 서양의 감각주의 문학관이 동양의 性情論과 만남으로써 침통하거나 격렬하지 않고 비과장과 무수식의 중용과 중도의 문학관 속에 포용되었다 할 것이다. 김환태가 페이터를 사숙했지만 그만의 비평관을 이룩하고 있음을 알 수 있겠다.

김환태는 그의 졸업논문에서 '문체의 두 가지 중요한 요소: 정신과 영혼'(The Two Important Elements of Style: Mind and Soul)이라는 항목을 두어 문체와 정신과 영혼의 관계를 다룬다.

페이터는 산문의 형식은 문체라고 전제하고 문학적 예술가는 말(words)을 사랑하지 않으면 안 되는데 문학적인 미를 위해서는 절제와 수단에 대한 숙련된 경제를 강조한다.[109]

그리하여 선택된 독자는 '하나의 단어를 가장 많이 실행하는 문체의 검약적인 긴밀성에서, 정밀하게 제거된 모든 문장에서 오는 정확성에서, 말에서 사고에까지 이르는 정확한 공간 배치에서, 어려움을 극복하는 유쾌한 감각과 더불어 항상 연결되는 논리적으로 채워진 공간에서, 심미적 만족감'을 발견하는 것이다.'(문체론)

And the choiced reader will find 'an aesthetic satisfaction in that frugal closeness of style which makes the most of a word, in the exaction from every sentence of a precise relief, in the just spacing out of word to thought, in the logically filled space connected always with the delightful sense of difficulty overcome.'(Style)[110]

---

109 졸업논문, pp.55-56.
110 졸업논문, p.57.

페이터는 실러가 말한 대로 "예술가는 그가 생략한 것에 의해 오히려 더 잘 알려질 수 있다."라고 말하는데, 예술은 미켈란젤로의 조각처럼 '쓸데 없는 부분을 제거하는 데에 있기 때문'이라는 것이다.[111] 그리고 그는 고안(contrivance)은 문체에서 가장 중요한 것임을 강조한다. 문학적 건축은 전체라는 시작과 끝에 대한 일관성을 포함하며 그러한 전체라는 통일성 밑에서 하나의 단어의 선택에서부터 부분이나 요소들의 경이적이고 논쟁적이며 종잡을 수 없는 양식에서 규정될 수 있다는 것이다.[112]

그는 진정으로 좋은 산문 문학의 가장 큰 기쁨의 하나는 의식적 예술 구조에서 나오는 비평적 추적과 독서할 때 작품에 대한 넘쳐나는 감각에 있으며, 그것은 시문학에도 똑같이 적용될 수 있다고 한다.[113] 그리고 김환태는 페이터에게 있어서의 문체와 정신(mind)의 특별한 관계를 다음과 같이 설명한다.

그의 견해에 의하면, '정신에 의하여 문학적 예술가는 작품에서 계획의 안정적이고 객관적인 지시를 통해서 우리 모두가 읽을 수 있도록 우리에게 다가온다'(문체론)

그리고 영혼에 의하여, 예술가는 다소 변덕스럽기는 하나 오로지 변하기 쉬운 동정심과 일종의 직접적 접촉을 통하여 우리에게 다가온다.

'마음은 우리가 그것을 선택할 수는 없으나, 우리가 그것을 인식하는 곳은 승인한다. 영혼은 우리가 그것을 꼭 이해한다고 할 수 없으므로, 우리는 배척할 수도 있다.'(문체론)

즉 '정신'은 단어를 선택하고 그 단어를 가지고 문장을 구성하는, 문체

---

111 졸업논문, pp.57-58.
112 졸업논문, pp.58-59.
113 졸업논문, p.59.

에 있어서의 지적 행위이고, '영혼'은 개인의 힘이며, 한 문장에 스며들어 있는 분위기이다.

문체는 진실로 '영혼'과 '정신', 즉 개성의 힘과 지성의 행위로 구성되어 있다.

In his opinion, 'by mind, the literary artist reaches us, through static and objective indications of design in his work, legible to all.'(Style)

And by soul, the artist reaches us, somewhat capriciously perhaps, one and not another, through vagrant sympathy and a kind of immediate contact.

'Mind we cannot choose but approve where we recognize it; soul may repel us, not because we understand it.'(Style)

That is, 'Mind' is the intellectual action in style, which select the words and atmosphere that pervade a sentence.

Style, indeed, consists of 'Soul' and 'Mind'; the power of individual and the action of intelligence[114]

정신과 영혼을 구분하여 정신은 단어의 선택과 문장의 구성 등 문체를 형성하는 지적 행위이고, 영혼은 문장의 분위기를 만드는 개인의 힘이라고 흥미 있는 설명을 하고 있다.

이외에 김환태는 그의 논문에서 플로베르가 주장한 일물일어설을 페이터 또한 강조했음을 소개한다. "하나의 사물, 하나의 사고를 표현하기 위하여, 많은 단어나 용어들 가운데서 하나의 단어면 충분한 것이다. 문체의 문제는 곧 거기에 있다."(The one word for the one

---

114 졸업논문, pp.60-61.

thing, the one thought, amid the multitude of words, terms, that might just do: The problem of style was there.)[115]라고 페이터는 주장했다.

그리고 마지막으로 김환태는 좋은 예술과 위대한 예술에 대한 페이터의 견해를 소개한다. 페이터는 좋은 예술로서 플로베르와 스콧의 예술과 같은 섬세한 묘사나 낭만적 이해를 통해 삶에 대한 생생하고 인간적인 접근을 소중하게 여기는 작품을 든다. 그러나 그는 좋은 예술이 꼭 위대한 예술인 것은 아니라고 하고 그 차이는 형식이 아니라 그 내용(matter)에 의해 직접적으로 좌우된다고 하여 다음과 같이 설명한다.

만약 예술이 인간의 행복 증진에, 억압받는 사람들의 구제에, 혹은 우리 자신이나 기품과 활력을 주는 세계에 대한 우리의 관계에 대해 새롭거나 오래된 진실의 확대에, 단테에서와 같이 하느님의 영광에, 여기서 즉시 머무를 수 있다면, 그것이 또한 위대한 예술일 것이다. 그리고 그러한 자질 이상으로 내가 정신과 영혼으로서, 색채와 향기, 그리고 이성적 구조를 총합했다면, 그것은 그것 안에 인간의 영혼의 어떤 것을 가지게 되며, 인간의 삶의 위대한 구조 안에서 그것의 논리적이고 건축학적인 장소를 발견하게 된다.(문체론)

If it(the art) be devoted further to the increase of men's happiness, to the redemption of the oppressed, or the enlargement of new or old truth about ourselves and our relation to the world as may ennoble and fortify is in our sojourn here, or immediately, as with Dante, to the glory of God, it will be also great art; if, over and above those qualities I summed up as mind and soul — that colour and

---

115 졸업논문, pp.61-62.

mystic perfume, and that reasonable structure, it has something of the soul of humanity in it, and finds its logical, its architectual place, in the great structure of human life.(Style)[116]

여기서 페이터는 예술이 인간의 행복 증진이나 억압받는 사람들의 구제나 세계에 대한 진실의 확대, 하느님의 영광에 머무를 수 있다면 위대한 예술이라는 사실을 인정한다. 이러한 생각은 페이터가 보여 온 '예술을 위한 예술'이나 감각주의자로서의 태도와 상반되는 것이어서 심미주의적 입장을 포기하는 것처럼 보이기까지 한다. 그러나 페이터가 진실성과 성실성을 강조해 온 것을 상기한다면 예술 속에 인간적인 의미를 담는 것이 결코 그의 문학관과 배치된다고만은 볼 수 없다.

그의 문학론은 매슈 아놀드와 같은 도덕적 가치나 사회적 인식은 없었다고 해도 포우나 와일드 류의 심미주의와는 다른 도덕론을 아직 유지하고 있었고 교양을 중시하는 열성도 남아 있었던 것이다. 이는 그의 감각적 심미주의가 빅토리아조의 청교도주의에서 완전히 자유로울 수 없었다는 것을 의미하는 것이기도 하다.

김환태의 비평에서 좋은 예술과 위대한 예술에 대한 구체적 언급은 상허 이태준에 대한 글을 통해서였다. 그는 「상허의 작품과 그 예술관」(『개벽』, 1934.12.1)에서 상허의 작품을 평하면서 다음과 같이 언급하고 있다.

상허(尙虛)는 사색(思索)하는 사람은 아이다. 추리(推理)하거나 관념

---

116 졸업논문, pp.62-63. 「형식에의 痛論者 - 페이터의 예술관」(『조선중앙일보』 1935. 3. 30~4. 6)에서는 졸업논문에서 다루었던 좋은 예술과 위대한 예술에 대한 이와 같은 논의는 하지 않고 있다.

(觀念)의 전당(殿堂)을 쌋는 사람이 않이다. 우리의게 고원(高遠)한 철리(哲理)나 심대(深大)한 인생관(人生觀)을 갈으키기 위(爲)하야 엄숙(嚴肅)한 얼골로 연단(演壇)에 올으는 사람이 안이다. 즉(則) 그는 소위(所謂)「위대(偉大)한 예술가(藝術家)」는 안이다. 그러나 그는 「선량(善良)한 예술가(藝術家)」다. 그는 미묘(美妙)하고 예민(銳敏)한 피부(皮膚)로 감각(感覺)하는 사람이다. 참벌처럼 미(美)와 꿈을 주어 모으는 사람이다. 나즉하고 고요한 노래를 너 주는 사람이다.

「위대(偉大)한 예술가(藝術家)」를 철인(哲人)이라면 상허(尙虛)는 시인(詩人)이다. 「위대(偉大)한 예술가(藝術家)」를 외치는 사람이라면 상허(尙虛)는 도란도란 이야기하는 사람이다. 「위대(偉大)한 예술가(藝術家)」는 꿈과 평화(平和)를 잃고 마음에 상처(傷處)를 받은 사람에게는 갓가히 가서 위안(慰安)을 받기에는 넘어나 엄숙(嚴肅)한 아버지다. 그러나 「선량(善良)한 예술가(藝術家)」는 그의 미소(微笑)만 보아도 괴로움과 슬흠을 잊을 수 있는 그들의 자모(慈母)다. 이리하야 상허(尙虛)의 예술(藝術)은 언제나 괴롭고 슬픈 사람의 우수(憂愁)와 고통(苦痛)을 잊게 하여 줄 것이다.

예술가(藝術家)에 필요(必要)한 것은 사랑과 동정(同情) 뿐이 안이다. 추악(醜惡)한 현실(現實)에서 천국(天國)을 보고, 괴로움에서 깃븜을 찾는 것만이 않이다. 그는 천국(天國)을 그리고 깃븜을 표현할 줄을 알어야 한다. 아모리 그가 고결(高潔)한 상(想)을 포회(包懷)하고 잇드라도 그를 표현(表現)하는 기교(技巧)에 잇어 치졸(稚拙)할 때, 그는 그 상(想)을 죽이고 말 것이다. 그렇나 상허(尙虛)는 그의 높고 맑은 상(想)뿐이 안이라 이를 표현(表現)하는 놀나운 기교(技巧)까지 갖추고 잇다.[117]

---

117 김환태, 「상허의 작품과 그 예술관」, 『開闢』 복간 1권 2호(1934. 12. 1.).

김환태는 선량한 예술가와 위대한 예술가라는 용어로 설명한다. 그에 의하면 위대한 예술가란 고원한 철리(哲理)나 심대한 인생관을 가르치기 위해 엄숙한 얼굴로 연단에 오르는 철인과 같은 존재로서 꿈과 평화를 잃고 마음에 상처를 받은 사람이 위안을 받기에는 너무나 엄숙한 아버지 같은 존재다. 반면에 선량한 예술가는 미묘하고 예민한 피부로 감각하는 사람이고 나직하고 고요한 노래를 넣어주는 시인과 같은 존재로 그의 미소만 보아도 괴로움과 슬픔을 잊을 수 있는 자모(慈母)와 같다. 이렇게 본다면 위대한 예술가보다 선량한 예술가가 더 위대해 보이는 역설이 성립되는 것처럼 보이기도 한다.

물론 김환태의 이러한 논리는 상허의 작품 세계를 상찬하기 위한 동기에서 비롯된 것이기는 하지만 상허의 작품을 언제나 괴롭고 슬픈 사람의 우수와 고통을 잊게 하여 주고 추악한 현실과 괴로움 속에서도 천국과 기쁨을 표현할 줄 하는 '놀라운 기교'로 규정함으로써 선량한 예술(좋은 예술)이란 자모(慈母)와 같은 사랑과 동정심, 그리고 그것을 표현할 수 있는 기교성으로 파악하고 있음을 짐작할 수 있다. 김환태의 비평이 감성적 인간주의와 감각적 기교성을 중시하는 동시에 고원(高遠)한 철리(哲理)나 엄숙주의, 더 나아가 이념주의에 대해서는 체질적으로 거부감을 보이고 있었음을 그의 이러한 태도에서도 다시 한 번 확인할 수 있겠다.

Ⅳ. 결론

지금까지 김환태의 일본 九州大 졸업논문인 「Matthew Arnold and Walter Pater as Literary Critics」를 살펴보았다. 먼저 매슈 아놀드 부분에 대한 내용을 정리하면 다음과 같다.

본 연구를 통해 김환태의 졸업논문은 매슈 아놀드의 방대한 저작을 대체로 잘 정리 이해하고 있었다는 것을 확인할 수 있었다. 매슈 아놀드 비평의 중심 주제는 세 가지로 설정하였는데, 첫째, 비평 능력이 창작 능력보다 낮은 단계라는 것과, 둘째, '몰이해적 관심'이라는 비평관, 셋째, 인생의 비평 등이다. 이 밖에 시와 과학, 시와 철학, 시와 종교 등의 주제를 다루어서 아놀드의 비평관을 전체적으로 망라하여 잘 조망하고 있다고 하겠다.

페이터 비평 부분은 심미주의의 예술관과 내용과 형식의 문제, 문학의 장르와 문체의 문제 등 대체로 그 주제를 나누어 고찰해 보았다. 김환태의 졸업논문에 나타난 월터 페이터의 심미적 예술관은 다시 '대상을 있는 그대로 본다'는 인식론적 의미의 문제와 인상주의와 창조적 비평론, 그리고 예술 그 자체를 위한 예술론이라는 심미주의적 예술관으로 귀결되는 문제로 설명할 수 있다.

페이터에게 '대상을 있는 그대로 본다'는 것은 하나의 인식론적인 문제로 무목적의 합목적성(혹은 몰이해적 관심)과는 무관한 문제다. 그에게 '대상을 있는 그대로 본다'는 것은 '대상의 인상을 충실하게 표현하는 것'으로, 이는 매슈 아놀드가 대상에 대한 객관적 인식을 강조한 것과 다른 심미적 인식이긴 하지만 인식론의 문제이다. 이를 김윤식 교수는 무목적의 합목적성(혹은 몰이해적 관심)으로 파악했는데 이는 오해에 의한 것임을 본 연구에서 밝혔다. 김환태 연구를 위해 졸업논문과 그 이후 발표된 글, 페이터의 원전에 대한 이해가 꼭 필요한 이유다.

페이터에게 있어서 인상과 심미적 집중성의 강조는 인상주의 비평과 심미비평으로 나아가게 한다. 심미주의 비평은 비평을 예술적 창작으로 받아들인다는 것이고 그것은 결국 창조적 비평으로 나아가게 한다. 그리고 감각적 인상주의적 예술관은 결국 강력한 감각과 황홀경의 경험으로 이어지고 '예술 그 자체를 위한 예술'로 귀결된다. 그러나 김환태의 비평관은 페이터의 영향을 받았으면서도 그것과 꽤 거리를 두고 있다. 즉 그의 예술관은 '인생에 대한 사랑과 예술에 대한 사랑을 융합시키고 생활과 실행의 정열을 문학과 결합시키는' 지점으로, 쾌락주의의 예술관보다는 고전적 예술관에 더 기울어져 있다 하겠다.

그러므로 김환태의 비평은 페이터의 인상주의와 예술비평가론 혹은 창조적 비평관을 수용하고 비평에서 순수 주관을 강조하면서도 객관성과 보편성이라는 가치를 놓치지 않는다. 이는 그의 비평이 페이터에 대한 수용 못지 않게 매슈 아놀드 쪽을 수용하고 있기도 했지만 당대의 계급문학의 과학주의를 염두에 둔 것과도 무관하지 않으리라 여겨진다.

졸업논문에서 페이터 비평의 내용과 형식의 문제는 '모든 예술은 끊임없이 음악의 상태를 열망한다'는 명제로 요약된다. 그리고 이 때의 음악성이란 음악 장르 그 자체를 강조한 것이 아니라 내용과 형식의 완전한 일체화를 음악이 다른 어느 예술 장르보다도 잘 성취하고 있다는 의미를 강조한 것임을 알 수 있다.

졸업논문의 마지막 주제는 장르와 문체의 문제다. 페이터는 산문과 운문의 차이는 상상력의 차이라고 하고 나아가 문체와 정신과 영혼의 관계를 다룬다. 그리고 좋은 예술과 위대한 예술에 대해 언급한다. 그는 위대한 예술은 인간의 삶에 대한 깊은 의미를 담고 있는 것으로 설명함으로써 심미주의적 태도와는 상반되는 태도를 보이기도 하지만 이는 페이터가 빅토리아조의 청교도적 도덕론과 교양론의 영향 하에 있었음을 확인할 수 있게 한다.

김환태의 비평 활동의 가장 중요한 지적 배경은 아놀드와 페이터에게서 온 것이라 하겠고, 그의 내학 졸업논무을 위한 집중적인 탐구의 결과 그러한 지적 배경 속에서 향후 그의 비평 활동은 전개되었다. 본 연구에서는 졸업논문 이후에 전개된 그의 비평문과 졸업논문과의 차이나 변화에 대한 상호텍스트적 검토도 일정 부분 다루었다.

제2장

김환태의 비평문

Matthew Arnold
and
Walter Pater
as Literary Critics

Matter and Form

Mr. Arnold treated mainly the
matter of poetry and it is likely to
be said that he didn't pay his
attention to the literary form and
technique. But it is a great mis-
take to think that he never paid
his attention to it. He didn't content
with saying only that poetry is 'a criti-
cism of life', but added that 'poetry

I. 문예비평가(文藝批評家)의 태도(態度)에 대(對)하야

문예비평(文藝批評)이란 문예작품(文藝作品)의 예술적(藝術的) 의의(意義)와 심미적(審美的) 효과(效果)를 획득(獲得)하기 위(爲)하야 「대상(對象)을 실제(實際)로 잇는 그대로 보라」는 인간정신(人間精神)의 노력(努力)입니다. 딸어서 문예비평가(文藝批評家)는 작품(作品)의 예술적(藝術的) 의의(意義)와 딴 성질(性質)과의 혼동(混同)에서 기인(起因)하는 모-든 편견(偏見)을 버리고 순수(純粹)이 작품(作品) 그것에서 엇은 인상(印象)과 감동(感動)을 충실(忠實)이 표출(表出)하여야 합니다. 즉(卽) 비평가(批評家)는 언제나 실용적(實用的) 정치적(政治的) 관심(關心)을 버리고 작품(作品) 그것에로 돌아가서 작자(作者)가 작품(作品)을 사상(思想)한 것과 꼿가튼 견지(見地)에서 사상(思想)하고 음미(吟味)하여야 하며 한 작품(作品)의 이해(理解)나 평가(評價)란 그 작품(作品)의 본질적(本質的) 내용(內容)에 관련(關聯)하여야만 진정(眞正)한 이해(理解)나 평가(評價)가 된다는 것을 언제나 잇어서는 안이 됩니다.

예술(藝術)은 예술가(藝術家)의 감정(感情)을 여과(濾過)하여 온 외계(外界)의 표현(表現)입니다. 그리하야 그는 언제나 감정(感情)에 호

---

* 이 장에서 수록된 세 개의 글은 본 연구 및 김환태의 졸업논문과 직접 연관된 김환태의 글로, 발표 당시의 원문을 그대로 살렸고 띄어쓰기는 현대 규정에 맞게 바꾸었으며 한자는 괄호 안에 넣었다. 그리고 상당 부분을 새롭게 판독하여 복원하였음을 밝힌다.

소(呼訴)합니다. 그 곳에는 이론(理論)도 정치적(政治的) 실용적(實用的) 관심(關心)도 잇을 수 업습니다. 예술(藝術)의 세계(世界)는 관조(觀照)의 세계(世界)요 창조(創造)의 세계(世界)입니다. 이념(理念)의 실현(實現)의 세계(世界)가 안이요 실현(實現)된 이념(理念)을 반성(反省)하는 세계(世界)입니다.

딸아서 문예작품(文藝作品)을 이해(理解)하고 평가(評價)하랴면은 평가(評家)는 「매슈—아놀드」가 말한 「몰이해적(沒利害的) 관심(關心)」으로 작품(作品)에 대(對)하여야 하며 그리하야 그 작품(作品)에서 어든 인상(印象)과 감동(感動)을 가장 충실(忠實)히 표현(表現)하여야 합니다. 비평가(批評家)는 문법가(文法家)도 역사가(歷史家)도 안임니다. 그는 감동(感動)하고 표현(表現)하는 예술가(藝術家)입니다. 작품(作品)의 주석(註釋)과 작자(作者)의 전기(傳記)나 시대환경(時代環境)의 연구(研究)는 문법가(文法家)나 문예사가(文藝史家)의 임무(任務)요 비평가(批評家)의 임무(任務)는 안임니다. 물론(勿論) 비평가(批評家)에게도 작품(作品)의 주석(註釋)과 작자(作者)의 전기(傳記)나 시대환경(時代環境)의 연구(研究)가 필요(必要)합니다만은 이것들의 연구(研究)는 작품(作品)의 개성(個性)과 작품(作品)의 내면적(內面的) 질서(秩序)와 작품(作品)의 특유(特有)한 생명(生命)을 이해(理解)하고 감득(感得)하는 데 도움은 될지언정 비평(批評) 그것은 안입니다.

아무리 세밀(細密)히 한 작품(作品)을 산출(産出)한 환경(環境)과 원인(原因)을 분석(分析)하여도 우리는 그 작품(作品)의 구조(構造)와 문체(文體)와 생명(生命)을 파악(把握)할 수는 업습니다. 작품(作品)의 구조(構造)와 문체(文體)와 생명(生命)은 작자(作者)의 영감(靈感)에 의(依)하야 생명(生命)이 취입(吹入)된 유기체(有機體)입니다. 분석(分析)과 해부(解剖)의 「메쓰」가 다를 때 유기체(有機體)는 와해(瓦解)되며 생명(生命)은 도망(逃亡)합니다.

그럼으로 작품(作品)을 정당(正當)히 평가(評價)하랴면 평가(評價)는 위대(偉大)한 상상력(想像力)과 감상력(鑑賞力)을 가져야 합니다. 작가(作家)와 「내면적(內面的) 일치(一致)」에 들어가 가티 늣기고 사색(思索)하여야 합니다. 악의(惡意)와 당파심(黨派心)과 이론화(理論化)한 편견(偏見)을 버리고 작품(作品) 그 속에 침잠(沈潛)하여야만 그 작품(作品)의 중심생명(中心生命)을 파악(把握)할 수가 잇습니다.

사람의 개성(個性)과 가티 한 작품(作品)의 중심생명(中心生命)을 이해(理解)하랴면 우리는 그 작품(作品)을 연애(戀愛)할 때처럼 사랑하여야 합니다. 사랑은 죄인(罪人) 속에도 신(神)을 보고 추(醜)에서도 미(美)를 찾고 목석(木石)에게도 생명(生命)을 늣기는 마음입니다. 그러나 증오(憎惡)는 선인(善人)도 악인(惡人)으로 만들고 아름다운 것도 더러웁게 보는 마음입니다. 가을 하늘처럼 밝은 처녀(處女)의 눈동자(瞳子)라도 그를 보는 사람의 마음에 증오(憎惡)가 차잇을 때 그 눈동자(瞳子)는 악의(惡意)에 불타 보일 것입니다. 그러나 사랑하는 사람은 그 눈 속에 용소슴치는 감정(感情)의 천태만상(千態萬像)을 볼 수 잇습니다.

사랑은 포용(包容)을 의미(意味)합니다. 관용(寬容)을 의미합니다. 그럼으로 사랑하는 사람은 그의 연인(戀人)의 조고만한 단점(短點)은 이저바림니다. 그와 맛찬가지로 작품(作品)을 사랑하는 진정(眞正)한 평가(評家)는 한 작품(作品)의 조고마한 결점(缺點)에는 눈을 감습니다. 우리가 눈을 감고 내적(內的) 영상(影像)을 확실(確實)히 파악(把握)할 때 우리는 아름다운 조각(彫刻)이나 회화(繪畵)를 한층(層) 더 명확(明確)히 이해(理解)할 수 가 잇지 안습니다?

결점(缺點)을 지적(指摘)함도 저급(低級)한 독자(讀者)를 계몽(啓蒙)하기 위(爲)하야 또는 천재(天才)의 탈선(脫線)을 막기 위(爲)하야 필요(必要)합니다. 그러나 작품(作品)의 결점(缺點)을 적발(摘發)할 때는 평가(評家)는 목청을 낫추어야 합니다. 성난 빗을 뵈이지 말어야 합니다. 그리고 그는 금강석(金剛石) 우혜 티를 찾는 것도 유용(有用)한 일이나 모래알 속에서 금강석(金剛石)을 발견(發見)하는 것은 한층(層) 더 유용(有用)한 일이라는 것을 비난(非難)보다 찬미(讚美)가 더 고귀(高貴)한 심정(心情)에 속(屬)한다는 것을 잇저서는 안이 됩니다.

찬미심(讚美心)은 결(決)코 단순(單純)히 수동적(受動的)이 안임니다. 찬미(讚美)하랴면 먼저 보고 늣기고 사상(思想)하여야 합니다. 그런데 보고 늣기고 사상(思想)하는 것은 작용(作用)입니다. 딸아서 비평(批評)은 작품(作品)에 의(依)하야 부여(賦與)된 정서(情緒)와 인상(印象)을 암시(暗示)된 방향(方向)에 딸아 가장 유효(有效)하게 통일(統一)하고 종합(綜合)하는 재구성적(再構成的) 체험(體驗)입니다. 그럼으로 비평가(批評家)가 그의 주관(主觀)에 철저(徹底)하야 한 작품(作品)에서 어든 인상(印象)을 충실(忠實)히 표현(表現)하고 찬미(讚美)할 때 그의 인상(印象)과 찬미(讚美)에는 객관성(客觀性)이 잇습니다. 그것은 순수(純粹)한 주관(主觀)은 순수(純粹)한 객관(客觀)인 까닭입니다. 진정(眞正)한 「나」를 보는 것은 진정(眞正)한 「그」를 보는 것인 까닭입니다. 꾀-테가 말한 바와 가티 「우리는 인간(人間)에 관련(關聯) 업는 어떠한 세계(世界)도 몰읍니다. 우리는 그 관련(關聯)을 표현(表現)한 예술(藝術) 이외(以外)의 어떠한 예술(藝術)도 모릅니다.」 그리고 코-헨도 「예술(藝術)의 객관성(客觀性)은 세련(洗練)된 주관성(主觀性)으로써 나타난다」 하엿습니다.

그럼으로 진정(眞正)한 비평가(批評家)는 강렬(强烈)한 인상(印象)과 심각(深刻)한 감동(感動) 업시 이미 경화(硬貨)된 소위(所謂) 객관적(客觀的) 규준(規準)을 천재(天才)의 작품(作品)에 적용(適用)하기를 삼가야 합니다. 피-들러가 말한 바와 가티 「이해(理解)는 언제나 예술가(藝術家)의 작품(作品)의 뒤를 쫏는 것이요 결(決)코 압서지는 못

합니다.」 인간(人間)의 예술적(藝術的) 활동(活動)이 예술가(藝術家)에 대(對)하야 장래(將來) 어떠한 과제(課題)를 제출(提出)할는지 그는 예측(豫測)할 수가 업습니다. 획득(獲得)된 견해(見解)는 만일(萬一) 그것이 종극적(終極的) 성질(性質)을 띄어서 경화(硬化)하야 규칙(規則)이나 요구(要求)가 될 때 그는 이해(理解)의 진보(進步)를 속박(束縛)합니다. 이와 가튼 속박(束縛)을 바들 「비평가(批評家)의」 정신(精神)의 예술가(藝術家)의 창조적(創造的) 정신(精神)의 도정(道程)의 뒤를 따르는 데 필요(必要)한 공평무사(公平無私)와 생동성(生動性)을 상실(喪失)합니다.

저급(低級)한 비평가(批評家)는 예술가(藝術家)는 결국(結局) 자기(自己)가 벌서부터 알고 잇는 규칙(規則)에 준거(準據)하야 창작(創作)에 종사(從事)하는 것처럼 동작(動作)합니다. 그러나 위대(偉大)한 예술가(藝術家)는 비평가(批評家)의 제시(提示)한 규준(規準)에 의거(依據)하야 창작(創作)하는 사람이 아니요 법칙(法則)을 몰으고 걸출(傑出)한 작품(作品)을 산출(産出)하는 사람입니다. 「학자(學者)는 아마 그의 발견(發見)을 자랑하리라. 그러나 나는 그 법칙(法則)을 알기 진(前)부터 발으게 회화(繪畵)를 그려왔다는 것을 자랑하리라.」 들라크로이의 이 불으지즘에 비평가(批評家)는 듯는 귀를 가져야 합니다. 그리고 예술적(藝術的) 능력(能力)의 현현(顯現)에 대(對)하야 겸양(謙讓)을 배워야 하며 예술가(藝術家) 속에 인간(人間)의 정신적(精神的) 영토(領土)의 확대(擴大)를 위(爲)하야 무제한(無制限)으로 활동(活動)하는 힘을 존경(尊敬)할 줄을 알어야 합니다. 그리하고야만 비평가(批評家)는 미(美)를 가장 잘 찬미(讚美)할 수가 잇을 것이며 또한 가장 잘 찬미(讚美)할 줄을 사람에게 갈으킬 수가 잇을 것입니다.

-『조선중앙일보(朝鮮中央日報)』 1934. 4. 21~1934. 4. 22.

Ⅱ. 매튜-아-놀드의 문예사상(文藝思想) 일고(一考)[1]

「매튜-아-놀드는 쎄인츠베리 교수(教授)의 말을 빌건대 19세기(十九世紀)에 잇서서의 「영국(英國)의 최대(最大) 비평가(批評家)」요 전(全) 구주(歐洲)를 통(通)하야서도 「최대(最大) 비평가(批評家)의 한 사람이다」 그의 비평시(批評時) 정신(精神)은 월터-파터이나 와일드 기타(其他)의 세기말(世紀末)의 비평가(批評家)들을 거처 간접(間接)으로 현대(現代)의 엘리옷·리드·리차드 혹(或)은 빼빗 등(等)에 전승(傳承)되어 잇다. 그럼으로 우리가 현대(現代)의 영국(英國) 비평가(批評家)들을 진실(眞實)로 이해(理解)하랴면 우리는 먼저 아-놀도를 이해(理解)하여야 할 것이다. 이에 나는 현대(現代)의 영국(英國) 문예(文藝) 비평가(批評家)들의 문예사상(文藝思想)을 소개(紹介)하기 전(前)에 아-놀드의 문예사상(文藝思想)을, 논평(論評)은 피(避)하고, 되도록 그의 말을 빌어 충실(忠實)히 소개(紹介)하고저 하는 바이며, 현대비평가(現代批評家)들의 사상(思想)을 이해(理解)하기 위(爲)한 전제(前提)로서 뿐이 아니라 그의 사상(思想)을 이해(理解)하는 그것만으로도 우리가 문학(文學)의 이해(理解)하는대 만은 도움이 될 준 밋는 바이다.」

---

1 이 글은 기왕의 『김환태전집』에서 판독불량으로 누락된 부분(끝부분 일부)을 판독하여 새롭게 보완한 것임.

一. 그의 생활(生活)

매튜-아-놀드는 「톰브라운의 학교시대(學校時代)」 속에서 토마쓰 휴-즈에 의(依)하야 영구화(永久化)된 저 유명(有名)한 럭비! 학교(學校) 교장(校長) 토마쓰 아-놀드 박사(博士)의 장남(長男)으로써 1822년(一八二二年) 2월(二月) 14일(一四日) 템스 하반(河畔)의 렘험에서 출생(出生)하엿다. 그는 아버지의 학교(學校)에 통학(通學)하엿다. 그리하야 바이론풍(風)의 최초작(最初作) 「로-마에 잇서서의 아달렉」을 그 재학(在學) 중(中)에 썻다. 그 해(1840(一九八○))에 그는 파레오-르 대학(大學)의 특대생(特待生)의 자격(資格)을 어더 그 다음 해에 옥쓰포드로 갓다. 1842년(一八四二年)에 그의 아버지가 죽엇다. 저 유명(有名)한 옥쓰포드 운동(運動)은 그의 신앙(信仰)을 동요(動搖)시기지는 안헛스나 뉴-만의 인격(人格)이 밋치는 매력(魅力)의 영향(影響)을 피(避)할 수는 업섯다. 이 때 그는 크로-스탄리! 콜리지쩨이씨! 쉬-닌 등(等)과 친교(親交)하엿다. 1844년(一八四四年)에 희랍어(希臘語)와 로마아어학(露馬語學) 학위(學位)를 어덧다. 또 그 다음 해에는 오-리엘 대학(大學)의 연구원(研究員)의 자격(資格)을 어덧다. 그 후(後) 얼마간 럭비-학교(學校)에서 교편(教鞭)을 잡고 잇섯스나, 얼마되지 안허 런스던 경(卿)의 비서(秘書)가 되엿다가 1851년(一八五一年)에 독학관(督學官)에 임명(任命)되엿다. 그 해에 그는 외이트만 양(孃)과 결혼(結婚)하야 행복(幸福)한 가정(家庭)을 일우웟다.

기후(其後) 아-놀드는 누차(屢次) 구주대륙(歐洲大陸)에 여행(旅行)하야 불란서(佛蘭西)와 독일(獨逸)의 교육사정(教育事情)을 시찰(視察)하엿다.

1854년(一八五四年)에 시집(詩集)이 출현(出現)하얏스나 특별(特別)한 주의(注意)를 끌지 못하얏고 그 다음에 출판(出版)한 시집(詩集)도 발표(發表) 후(後) 얼마되지 안허 절판(絶版)하얏섯스나 그 후(後) 「뽀라우닝」의 간망(懇望)으로 1867년(一八六七年)에 다시 발표(發表)하얏다. 1853년(一八五三年)에 출판(出版)한 「시집(詩集)」으로 그는 비로소 성공(成功)을 하얏고 2년(二年) 후(後)에 발표(發表)한 「신시집(新詩集)」도 호평(好評)을 박(拍)하얏다. 연(連)하여 「메로프」가 나오고 1867년(一八六七年)에는 시집(詩集) 제3권(第三卷)이 나왓스나 기후(其後)로 「아-놀드」의 시상(詩想)은 현저(顯著)히 쇠퇴(衰退)하얏다.

1857년(一八五七年)에 「아-놀드」는 「옥쓰훠드」 대학(大學)의 시학교수(詩學敎授)로 임명(任命)되엿스며 그 후(後) 5개년(五個年)의 임기(任期)가 지나자 다시 재선(再選)되엿다. 그의 「호-머」의 번역(飜譯)에 관(關)한 논의(論議)는 이 때에 발표(發表)되엿다. 그리고 딴 문예비평(文藝批評)이나 철학(哲學)이나 교육(敎育)에 관(關)한 논문(論文)이 계속(繼續) 발표(發表)되엿다. 1883년(一八八三年)에는 미국(米國)에 강연(講演) 여행(旅行)을 하얏스나 저급(低級)한 미국(米國)의 속중(俗衆)에게서 성의(誠意) 잇는 환영(歡迎)은 받지 못하엿다. 1886년(一八八六年)에는 현학관(現學官)의 직(職)을 사임(辭任)하얏고 「글랫스돈」의 알선(斡旋)으로 그가 영국시단(英國詩壇)이나 문단(文壇)에 대(對)한 공로(功勞)로 국가(國家)의 은급(恩給)을 밧게 되엿다.

1884년(一八八四年) 4월(四月) 15일(十五日) 심장병(心臟病)으로 급사(急死)하얏다. 그리하여 그의 고향(故鄕)인 「렘함」에 매장(埋葬)되엿다.

二. 비평력(批評力)과 창작활동(創作活動)

「비평력(批評力)은 창작력(創作力)보다 저급(低級)한 계단(階段)에

속(屬)한다.」 그러나 아놀드는 그의 「현대(現代)에 잇서서의 비평(批評)의 기능(機能)」이라는 논문(論文) 속에서 우리가 이 명제(命題)를 용인(容認)하랴면 다음의 두 가지를 명심(銘心)하지 안흐면 아니된다고 주장(主張)한다.

창작력(創作力)의 실행(實行) 즉(卽) 자유(自由)한 창작활동(創作活動)은 인간(人間)의 최고(最高) 기능(機能)이란 것을 우리는 부인(否認)할 수는 업다. 그는 인간(人間)이 그 속에서 그의 진정(眞正)한 행복(幸福)을 발견(發見)하는 것으로도 알 수 잇다.

그러나 인간(人間)은 위대(偉大)한 문학(文學)이나 예술품(藝術品)의 산출(産出) 이외(以外)에 딴 방면(方面)에서도 이 자유(自由)한 창작활동(創作活動)의 실천(實踐)의 의식(意識)을 가질 수 잇다는 것도 또한 부인(否認)할 수 업다. 그들은 선행(善行)에서 학습(學習)에서 그러고 비평(批評)에서까지 그런 의식(意識)을 가질 수 잇다. 이것이 우리가 명심(銘心)하여 둘 것의 하나이다.

또 하나 우리가 명심(銘心)할 것은 위대(偉大)한 문학(文學)이나 예술품(藝術品)의 산출(産出)에 잇서서의 창작력(創作力)의 실천(實踐)은 아모리 그것이 노픈 지위(地位)를 점령(占領)할 지라도 어떠한 시대(時代)에 잇서서든지 또는 어떠한 조건(條件) 미테서든지 가능(可能)한 것은 결(決)코 아니라는 것이다.

창작력(創作力)은 요소(要素)를 제재(題材)로 취급(取扱)한다. 그래서 만일(萬一) 창작력(創作力)이 그들 요소(要素)를 가지지 안흘 때 그는 그것들이 준비(準備)될 때까지 기둘루지 안이면 아니 된다. 그리고 창작력(創作力)이 취급(取扱)하는 요소(要素)는 관념(觀念)이다. 즉(卽) 위대(偉大)한 작품(作品)을 산출(産出)하랴면 독창적(獨創的) 문예(文藝)의 천재(天才)는 「어떤 지적(知的) 영적(靈的) 분위기(雰圍氣)에 의(依)하야 관념(觀念)의 어떤 계통(系統)에 의(依)하야 고취(鼓吹)되지 안흐면 아니 된다(현대(現代)에 잇서서의 비평(批評) 기능(機能))」

그럼으로 자유(自由)로 활동(活動)하랴면은 창작력(創作力)은 분위기(雰圍氣)를 가지지 안흐면 아니 된다. 관념계열(觀念系列) 속에 살지 안흐면 아니 된다. 그리하야 창작력(創作力)을 위(爲)하야 분위기(雰圍氣)를 준비(準備)하야 주고 관념(觀念)의 계열(系列)을 공급(供給)하는 것은 비평력(批評力)이요 창작력(創作力) 그 자신(自身)은 아니다.

즉(卽) 창작력(創作力)의 자유(自由)로운 활동(活動)을 위(爲)하야 「창작력(創作力)이 이용(利用)할 수 잇는 지적(知的) 경위(境位)를 조출(造出)하고 관념(觀念)의 계열(系列)을 건설(建設)하는 것」이 비평력(批評力)의 임무(任務)다.

머지 안허 이들 새로운 관념(觀念)이 사회(社會)에 투입(透入)될 때 그 곳에 활동(活動)과 성장(成長)이 생기(生起)하며 이 활동(活動)과 성장(成長)에서 문학(文學)의 창조적(創造的) 시대(時代)가 출래(出來)하는 것이다.

三. 비평(批評)의 법칙(法則)

이에 아놀드는 우리가 비평(批評) 도정(道程)에 잇서서 직혀야 할 법칙(法則)을 천명(闡明)하야 그 법칙(法則)을 「무관심적(無關心的) 관심(關心)」이라는 일언(一言)에 집약(集約)하얏다.

그러면 무관심적(無關心的) 태도(態度)를 가지랴면 어떠케 하여야 할 것인가? 그는 대답(對答)한다.

「소위(所謂) 사물(事物)의 실제적(實際的) 견지(見地)를 멀리함에 의(依)하야 결연(決然)히 그 독자(獨自)의 성질(性質)의 법칙(法則)에 추수(追隨)함에 의(依)하야」

그리하야 「그(비평(批評))의 임무(任務)는 단지(單只) 세상(世上)에 알려지고 사상(思想)된 최상(最上)의 것을 알고 그리하야 이것을 세상(世上)에 알림으로써 진실(眞實)하고 청신(淸新)한 관념(觀念)의 조류(潮流)를 창조(創造)함에 잇다. 그의 임무(任務)는 이를 엄연(嚴然)한 공정(公正)과 정당(正當)한 능력(能力)으로 함에 잇다.

그러나 그의 임무(任務)는 이 이상(以上)의 것을 함에 잇지 안코 모든 실제적(實際的) 결과(結果)와 적용(適用)의 문제(問題)는 불고(不顧)함에 잇다」(同上).

그럼으로 「진정(眞正)하고 청신(淸新)한 관념(觀念)의 조류(潮流)를 창조(創造)」하랴면 비평(批評)은 순수(純粹)한 지적(知的) 세계(世界)에고 실제(實際)에서 분리(分離)되여야 하며 직접적(直接的)으로 논전적(論戰的)이요 언쟁적(言爭的)이어서는 안 된다.

진정(眞正)한 비평(批評)은 사람으로 하야금 언제나 탁월(卓越)한 것과 절대(絶對)의 미(美)와 사물(事物)의 적합성(適合性)에 유의(留意)케 하기 위(爲)하야 비욕(鄙慾)한 자기만족(自己滿足)에 빠지지 안케 한다.

그러나 논쟁적(論爭的) 실제적(實際的) 비평(批評)은 사람으로 하야금 그들의 실행(實行)의 이상적(理想的) 불완전(不完全)에 맹목(盲目)이게 한다. 그리하야 자기(自己)들의 주장(主張)을 공격(攻擊)에서 방어(防禦)하기 위(爲)하야 그를 이상적(理想的)으로 완전(完全)하다고 주장(主張)하게 한다.

사물(事物)을 잇는 그대로 보랴는 최고(最高)의 비평가(批評家)는 언제나 고독(孤獨)하다. 그러나 정당(正當)한 현념(現念)의 유포(流布)는 오즉 이 고독(孤獨)에서 산출(産出)되는 것이다. 실제(實際) 생활(生活)의 돌진(突進)과 훤조(喧噪)는 언제나 군중(群衆)을 현운(眩暈)식히고 견인(牽引)하야 그의 와중(渦中)에 끌어놋는 힘을 가지고 잇다.

四. 역사적(歷史的) 평가(評價)와 개인적(個人的) 평가(評價)

우리가 문예작품(文藝作品)을 읽을 때는 끈임 업시 최상(最上)의 것을 차즈랴는 의식(意識)이 그 문예작품(文藝作品)에서 추출(抽出)될 힘과 깃븜에 대(對)한 의식(意識)이 우리의 마음에 출현(出現)하야 우리가 읽는 그 작품(作品)의 평가(評價)를 지배(支配)한다.

그러나 우리가 만일(萬一) 감시(監視)을 게을리할진대 이 진정(眞正)한 평가(評價) 이외(以外)의 그릇된 두 평가(評價) 즉(卽) 역사적(歷史的) 평가(評價)와 개인적(個人的) 평가(評價)에 의(依)하야 대치(代置)되는 수가 잇다.

어떤 작가(作家)는 우리에게 역사적(歷史的)으로 의의(意義)를 가지고 잇는 수가 잇다. 어떠한 국민(國民)의 언어(言語)나 사상(思想)이나 시(詩)의 발전(發展)의 도정(道程)은 우리에게 심심(深甚)한 흥미(興味)를 늣기게 한다. 그리하야 어느 한 시인(詩人)의 작품(作品)을 이 발전(發展)의 도정(道程)의 한 단계(段階)로 존중(尊重)함으로써, 우리는 흔이 그 작품(作品)을 그 정도(程度)를 지나 중요시(重要視)하게 되며 그를 평가(評價)함에 잇서 과장(誇張)한 언사(言辭)를 사용(使用)하고 그를 과대평가(過大評價)하게 된다.

그리하야 이에 기인(起因)하는 그릇된 평가(評價)를 아·놀드는 역사적(歷史的) 평가(評價)라 불은다.

그리고 또 어느 작가(作家)는 우리에게 개인적(個人的) 의의(意義)를 가지고 잇는 수가 잇다. 우리의 개인적(個人的) 친밀(親密)과 기호(嗜好)와 환경(環境)은 문예작품(文藝作品)을 평가(評價)하는 데 위대(偉大)한 힘을 가지고 잇다. 그리하야 그 작품(作品)이 현재(現在) 우리에게 가장 중요(重要)하고 또한 과거(過去)에 그랫기 때문에 그를 그의 본래(本來)의 가치(價値)보다도 노프게 평가(評價)하게 된다. 이에 잇서서 또한 우리의 흥미(興味)의 대상(對象)인 그 작품(作品)을 과대평가(過大評價)하고 과다(過多)한 찬사(讚辭)를 사용(使用)하게 된다.

그리하야 이 그릇된 평가(評價)를 아-놀드는 개인적(個人的) 평가(評價)라 불은다.

이에 아-놀드는 다시 말을 이어 엄연(儼然)히 우리에게 경계(鏡戒)식힌다. 「역사적(歷史的) 평가(評價)는 우리가 고대(古代)의 시인(詩人)을 취급(取扱)할 때에 그리고 개인적(個人的) 평가(評價)는 우리가 우리의 동시대(同時代), 엇잿든 현대(現代)의 시인(詩人)을 취급(取扱)할 때에 특(特)히 우리의 판단(判斷)과 언어(言語)에 영향(影響)하기가 쉬운 것이다」(시(詩)의 연구(研究)).

五. 시(詩)와 인생(人生)

아-놀드는 「워-즈워-드론(論)」에서 「다음 것을 확신(確信)하는 것은 중요(重要)한 일이다.

시(詩)는 그 근저(根柢)에 잇서서 인생(人生)의 비평(批評)이다. 시인(詩人)의 위대성(偉大性)은 인생(人生)에 대(對)하야 어떠케 살가라는 문제(問題)에 대(對)하야 관념(觀念)의 강렬(强烈)하고 미려(美麗)한 적용(適用)에 잇다」하얏다. 다시 「빠이론론(論)」에서 「모-든 문예(文藝)의 이상(理想)이나 목적(目的)을 철저(徹底)히 생각(生覺)하면 인생(人生)의 비평(批評)에 지나지 안는다」고 말하얏다.

그러면 인생(人生)의 비평(批評)을 구성(構成)하는 것은 무엇이냐? 그는 「빠이론론(論)」 속에서 이러케 대답(對答)한다. 「대시인(大詩人)의 작품(作品)에서 우리가 인정(認定)할 수 잇는 제재(題材)나 내용(內容)의 진지(眞摯)와 성실(誠實), 어법(語法)과 표현(表現)의 교묘(巧妙)

와 완전(完全)이 시적(詩的) 진(眞)과 미(美)의 법칙(法則)에 쫏처 된 인생(人生)의 비평(批評)을 구성(構成)하는 것이다」라고. 시적(詩的) 진(眞)과 미(美)의 법칙(法則)에 의(依)한 인생(人生)의 비평(批評)으로써의 시(詩)에 잇서서 우리는 시(詩)의 위자(慰藉)와 지원(支援)을 발견(發見)한다. 그러나 그 위자(慰藉)와 지원(支援)은 인생(人生)의 비평(批評)의 힘에 정비례(正比例)하야 강력(强力)하야진다. 그리고 인생(人生)의 비평(批評)은 그를 전달(傳達)하는 시(詩)가 저급(低級)한 때보다도 고귀(高貴)한 때에 불건전(不健全)한 때보다도 건전(健全)한 때에 부실(不實)한 때보다도 진실(眞實)한 때에 더 강력(强力)하다.

그리하야 최상(最上)의 시(詩)는 그 이외(以外)의 아모것도 할 수 업는 우리를 훈련(訓鍊)하고 부조(扶助)하고 깃부게 하는 힘을 가지고 잇다. 시(詩)에 잇서서 최상(最上)의 것에 대(對)한 보다 명랑(明朗)하고 심절(深切)한 의식(意識)과 그것에서 추출(抽出)할 수 잇는 힘과 환희(歡喜)에 대(對)한 의식(意識)이 우리가 시(詩)에서 적취(摘取)할 수 잇는 가장 고귀(高貴)한 이득(利得)이다.

六. 시(詩)와 과학(科學)

시(詩)는 과학(科學)과 가티 사상(思想)한다.

「그러나 그는 감정적(感情的)으로 사상(思想)한다. 이 점(點)에 잇서서 시(詩)가 과학(科學)과 달으며 우리에게 더 지원(支援)이 되는 것이다. 시(詩)는 관념(觀念)으로 부여(賦與)한다. 그러나 그것은 미(美)가 접촉(接觸)되고 감동(感動)에 의(依)하야 고양(高揚)된 관념(觀念)을 부여(賦與)한다」(역사(歷史) 1백거인(一百巨人)의 서문(序文)).

과학(科學)은 시(詩)와 가티 감정적(感情的)으로 생각(生覺)하지 안는다.

「과학(科學)은 사상(思想)에 사상(思想)을 첨가(添加)한다. 그것이 미(美)와 감동(感動)에 접촉(接觸)될 때까지는 결(決)코 완성(完成)되지 안흘 종합(綜合)의 요소(要素)를 퇴적(堆積)한다. 그리하야 과학(科學)이 미(美)와 감동(感動)에 접촉(接觸)되엿슬 때는 시인(詩人)의 형상(形象)의 손이 다은 것이다. 과학자(科學者)가 완전(完全)한 인간(人間)이면 인간(人間)일스록 그는 우리의 천성(天性)이 소원(所願)하야 마지 안는 만족(滿足)을 주는 것으로써의 시(詩)의 쾌락(快樂)을 늣길 것이다. 그러나 그의 과학(科學)은 결(決)코 그를 이에 인도(引導)하지는 안는다」(同上).

七. 시(詩)와 철학(哲學)

시(詩)는 워-즈워-드가 정교(精巧)하게 표현(表現)한 바와 가티 「모든 과학(科學)의 면모(面貌)에 나타나는 표정(表情)이요 지식(知識)의 호흡(呼吸)이요 정묘(精妙)한 영(靈)이다.」 그러나 인과관계(因果關係)와 유한(有限)과 무한(無限)에 관(關)한 추리(推理)를 자랑하는 철학(哲學) ― 애지(愛知)― 는 「지식(知識)의 그림자요 환몽(幻夢)이요, 그릇된 장식(裝飾)이다」(시(詩)의 연구(研究)). 그럼으로 「철학체계(哲學體系)― 종합적(綜合的) 사상(思想)의 건축(建築)― 은 우리가 그것들을 기억(記憶)에 불러일으키는 것은 즉(卽) 인간(人間)의 실패(失敗)의 열병식(閱兵式)을 하는 거와 달음이 업슬 만큼 연약(軟弱)한 것이다」(역사(歷史) 10거인(十巨人)의 서문(序文)).

八. 시(詩)와 종교(宗敎)

감정(感情)이 접촉(接觸)된 도덕(道德)으로써의 종교(宗敎)의 지배(支配)는 진실(眞實)로 영원불멸(永遠不滅)일 것이다. 그러나 어떤 추상(推想)된 사실(事實)의 역사성(歷史性)에 그리고 어떤 용인(容認)된 독단(獨斷)의 정당성(正當性)에 의거(依據)한 종교(宗敎)는 결(決)코 영구(永久)의 안전성(安全性)을 가지지 못한다.

그는 해소(解消)의 위협(威脅)을 밧지 안는 독단(獨斷)이 업고 동요(動搖)되지 안는 전통(傳統)이 업고 의심(疑心)을 밧지 안는 역사적(歷史的) 성격(性格)을 가진 사실(事實)이 업는 까닭이다.

「그러나 시(詩)에 잇서서는 관념(觀念)이 전부(全部)요 그 이외(以外)는 환영(幻影)의 세계(世界)에 지나지 안는다. 시(詩)는 감동(感動)을 관념(觀念)과 결합(結合)한다. 시(詩)의 사실(事實)은 관념(觀念)이다. 우리의 종교(宗敎)의 가장 힘잇는 부분(部分)은 그 무의식(無意識)의 시(詩)다」(同上).

그리하야 시(詩)의 미래(未來)는 무한(無限)하다. 그는 그의 숭고(崇高)한 임무(任務)를 더럽히지 안흘 시(詩)가 우리의 정신생활(精神生活)의 지지자(支持者)임을 발견(發見)할 수가 잇기 때문이다.

九. 시(詩)와 도덕(道德)

「도덕(道德)은 때때로 편협(偏狹)하고 그릇된 양식(樣式)으로 취급(取扱)된다. 도덕(道德)은 사상(思想)의 형식(形式)과 벌서 그 권위(權威)를 실추(失墜)한 신앙(信仰)에 구속(拘束)되여 잇다. 곰팡내 나는 학자(學者)나 도학선생(道學先生)의 장중(掌中)에 빠저 잇다. 그리하

야 도덕(道德)은 우리들의 어느 사람에게는 견대일 수 업게 된다」(워-
즈워드론(論)).

이 곳에 우리가 오-카이암의 「사원(寺院)에서 허송(虛送)한 세월(歲
月)을 주점(酒店)에서 보충(補充)하자」와 가튼 노래에도 매력(魅力)을
늣기는 이유(理由)가 잇다. 또한 우리는 도덕(道德)에 무관계(無關係)
한 시(詩)에서도 매력(魅力)을 발견(發見)할 수가 잇스며 그 내용(內
容)은 어찌햇든 형식(形式)이 세련(洗練)되고 교묘(巧妙)한 시(詩)에도
매력(魅力)을 늣긴다.

그러나 그것들은 결(決)코 최상(最上)의 시(詩)가 아니다. 한 시
(詩)의 가치(價値)는 인간성(人間性)의 표현(表現)에 의존(依存)하는
것이다.

「도의관념(道義觀念)에 반항(反抗)하는 시가(詩歌)는 인생(人生)에
반항(反抗)하는 시가(詩歌)다. 도의관념(道義觀念)에 무관심(無關心)한
시가(詩歌)는 인생(人生)에 무관심(無關心)한 시가(詩歌)다」(同上).

시(詩) 중(中)에서 도의관념(道義觀念)을 취급(取扱)한다는 것은 결
(決)코 도덕적(道德的) 또는 교훈적(教訓的) 시(詩)를 제작(製作)한다
는 것을 의미(意味)하는 것이 아니다. 시적(詩的) 미(美)와 시적(詩的)
진리(眞理)의 법칙(法則)에 의(依)하야 우리 때문에 제정(制定)된 조건
(條件) 미테서 이런 관념(觀念)을 적용(適用)한다는 것을 의미(意味)한
다. 그럼으로 이런 관념(觀念)을 도의적(道義的) 관념(觀念)이라 부르
는 것은 결(決)코 강렬(强烈)하고 유해(有害)한 제한(制限)을 유치(誘
致)하지는 안는다. 그의 도의적(道義的) 관념(觀念)은 진실(眞實)로 인
간생활(人間生活)에 대부분(大部分)이기 때문이다.

어떠케 살 가라는 문제(問題)는 그 자신(自身)에 잇서서 한 도의적
(道義的) 관념(觀念)이다. 그리하야 그는 모든 사람의 주의(注意)를
끄는 문제(問題)요 우리의 마음은 어떠한 형식(形式)으로든지 부단(不

斷)히 이 문제(問題)로 점령(占領)되여 잇는 것이다. 그럼으로 이 때에 잇서서의 도덕(道德)이란 어구(語句)에는 광범(廣範)한 의의(意義)가 부여(賦與)되지 안흐면 아니 된다.

이와 가튼 광범(廣範)한 의미(意味)에 잇서서의 도의관념(道義觀念) 의 강력(强力)하고 심심(深甚)한 취급(取扱)이 최상(最上)의 시(詩)와 저열(低劣)한 시(詩)를 구별(區別)하는 것이다. 그럼으로 「만일(萬一) 에 대시인(大詩人)을 구별(區別)하는 것이 인생(人生)에 대(對)한 관념 (觀念)의 강력(强力)하고 의미심장(意味深長)한 적용(適用)에 잇다고 할 것 가트면(이 점(點)은 어떠한 훌륭한 비평가(批評家)도 부인(否認) 치 못할 것이다) 관념(觀念)이라고 하는 어구(語句)에 도의적(道義的) 이란 어구(語句)를 첨가(添加)한다고 그 곳에 아무런 상위(相違)도 생 기지 안흘 것이다. 그는 인간생활(人間生活) 그것이 비상(非常)히 우 세(優勢)한 정도(程度)에 잇서서 도의적(道義的)이기 때문이다.」

十. 시(詩)의 주제(主題)

모-든 국민(國民)과 모-든 시대(時代)를 초월(超越)한 시(詩)의 영원 (永遠)한 주제(主題)는 「행위(行爲)다. 그 자신(自身) 속에 독자(獨自) 의 흥미(興味)를 가지고 잇으며, 시(詩)의 기교(技巧)에 의(依)하야 흥 미(興味)잇는 방법(方法)으로 전달(傳達)할 수 잇는 인간(人間)의 행위 (行爲)다」(1853년(一八五三年)에 출판(出版)된 「시집(詩集)」의 서문(序 文)).

시인(詩人)이 본래(本來) 저열(低劣)한 행위(行爲)를 그의 기교(技 巧)에 의(依)하야 그보다 고귀(高貴)한 행위(行爲)와 가티 유쾌(愉快) 하게 할 수 잇다고 생각하는 것은 확실(確實)히 시인(詩人)의 참월(僭

越)이다. 그는 우리로 하야곰 그의 기교(技巧)를 상찬(賞讚)하게는 할 것이다. 그러나 그의 작품(作品)은 그 속에 불치(不治)의 결함(缺陷)을 포유(包有)할 것이다.

그러므로 시인(詩人)은 무엇보다도 먼저 고귀(高貴)한 행위(行爲)를 선택(選擇)하지 안흐면 아니 된다. 그러면 가장 고귀(高貴)한 행위(行爲)는 무엇이냐?

「위대(偉大)한 본원적(本原的) 인간감성(人間感性)에 가장 강렬(强烈)히 호소(呼訴)하는 행위(行爲)다. 영원(永遠)히 인종(人種) 속에 잠재(潛在)하고 시간(時間)에서 독립(獨立)한 근원시(根元時) 정서(情緒)다」(同上).

이 감성(感性)이나 감정(感情)은 영원적(永遠的)이다. 그리하야 이 것들을 감동(感動)시기는 것도 또한 영원적(永遠的)이다.

그럼으로 한 행위(行爲)의 고신(古新)은 시적(詩的) 재현(再現)과는 아모런 관계(關係)도 업다. 이는 다만 그의 고유(固有)의 성질(性質)에 의존(依存)하는 것이다.

위대(偉大)하고 열정적(熱情的)인 행위(行爲)는 우리의 천성(天性)의 근원적(根源的) 부분(部分)에 대(對)하야 또는 우리의 열정(熱情)에 대(對)하야 영원(永遠)히 흥미(興味) 잇는 것이다. 그리고 그의 위대성(偉大性)과 열정(熱情)에 비례(比例)하야서만 흥미(興味) 잇는 것이다.

수천년(數千年) 전(前)의 위대(偉大)한 인간행위(人間行爲)는 현대(現代)의 미소(微少)한 인간행위(人間行爲)보다 우리에게는 흥미(興味)가 잇다. 후자(後者)에 가장 완전(完全)한 기교(技巧)가 사용(使用)되고 그리고 그는 그의 현대(現代)의 언어(言語)와 낫익은 풍습(風習)과 동시대(同時代)의 인유(引喩)에 의(依)하야 모-든 우리의 일시적(一時的) 감정(感情)과 흥미(興味)에 호소(呼訴)하는 우월성(優越性)을 가지고 잇는 데도 그러타.

이에 아-놀드는 엄숙(嚴肅)히 불으짓는다.

「시적(詩的) 작품(作品)은 우리의 영원(永遠)한 열정(熱情)의 영역(領域)에 속(屬)한다. 시적(詩的) 작품(作品)으로 하여금 우리의 영원(永遠)한 정열(情熱)을 감동(感動)케 하여라. 그러면 시적(詩的) 작품(作品)에 대(對)한 모-든 종속적(從屬的) 요구(要求)는 일시(一時)에 침묵(沈黙)하리라」(同上).

十一. 희랍시인(希臘詩人)과 현대시인(現代詩人)

그럼으로 한 행위(行爲)의 연대(年代)의 고신(古新)은 아모런 의미(意味)도 갓지 못한다. 행위(行爲) 그것 그의 선택(選擇)과 구성(構成) 그것만이 중요(重要)한 전부(全部)다. 이 점(點)을 희랍(希臘)의 시인(詩人)은 현대시인(現代詩人)보다 훨신 명료(明瞭)히 이해(理解)하고 잇섯다.

「희랍(希臘)의 시인(詩人)의 시론(詩論)과 현대시인(現代詩人)의 시론(詩論)과의 근본적(根本的) 차위(差違)는 이하(以下)의 제점(提點)에 잇다.

희랍시인(希臘詩人)에 잇서서는 행위(行爲) 그것의 시적(詩的) 특성(特性)과 각색(脚色)이 최초(最初)의 고려(考慮)의 대상(對象)이엇다. 그런대 현대시인(現代詩人)의 주의(注意)는 주(主)로 한 행위(行爲)의 취급(取扱)에서 생기(生起)하는 개개(個個)의 사상(思想)과 영상(影像)에 집착(集着)된다. 희랍시인(希臘詩人)은 전부(全部)를 보앗다. 그러나 현대시인(現代詩人)은 부분(部分)을 본다. 희랍시인(希臘詩人)에 잇서서는 행위(行爲)가 그의 표현(表現)을 지배(支配)하엿다. 그러나 현대시인(現代詩人)에 잇서서는 표현(表現)이 행위(行爲)보다 우월(優越)

한 지위(地位)를 점(占)한다. 그러타고 희랍시인(希臘詩人)이 결(決)코 표현(表現)에 실패(失敗)하엿거나 그것에 부주의(不注意)한 것이 아니다. 그와 반대(反對)로 그들이야말로 표현(表現)의 최고(最高)의 모범(模範)이요 대문체(大文體)의 비견(比肩)할 대 업는 거장(巨匠)이다. 그러나 그들의 표현(表現)은 그것이 적당(適當)한 정도(程度)에 훌융히 보지(保持)되엿기 때문에 지극히 단순(單純)하고 지극(至極)히 잘 압제(壓制)되엿기 때문에 그리고 그것이 전달(傳達)하는 제재(題材)의 풍만(豊滿)에서 직접(直接) 그의 힘을 인출(引出)하엿기 때문에 그럿케 탁월(卓越)한다」(同上).

그럼으로 만일(萬一)에 현대(現代)의 작가(作家)들이 고대(古代) 작가(作家)들을 연구(研究)할진대 그들은 그들이 알어야 할 가장 정요(定要)한 세 가지 일 즉(卽) 주제(主題)의 선택(選擇)의 중요성(重要性)과 정밀(精密)한 구성(構成)의 긴요성(緊要性)과 표현(表現)의 종속적(從屬的) 성질(性質)을 딴 무엇에서보다도 그들에게서 배울 수 잇슬 것이다. 전체(全體)로써 취급(取扱)된 위대(偉大)한 행위(行爲)에 의(依)하야 부여(賦與)된 도덕적(道德的) 인상(印象)의 효과(效果)가 가장 현저(顯著)한 단일(單一)한 사상(思想)이나 가장 교묘(巧妙)한 영상(影像)에 의(依)하야 창조(創造)되는 효과(效果)보다 말할 수 업슬 만큼 우위(優位)하다는 것을 배울 것이다.

현대(現代)의 개개(個個)의 작가(作家)가 위대(偉大)한 고전작품(古典作品)의 정신(精神)에 삼투(滲透)하면 할수록 그 고전작품(古典作品)의 긴밀(緊密)한 의미(意味)와 고귀(高貴)한 단순성(單純性)과 정밀(靜謐)한 페이소쓰를 지각(知覺)하면 할수록 고대(古代)의 시인(詩人)이 목적(目的)한 것이 이 효과(效果)요 통일(統一)이요 도덕적(道德的) 인상(印象)의 심도(深度)라는 것과 이것들이야말로 그들의 작품(作品)의 장엄(莊嚴)을 구성(構成)하고 그것들은 영원(永遠)이 불멸(不滅)하게 하는 것이라는 것을 확신(確信)하게 될 것이다.

그리하야 현대(現代) 작가(作家)는 고대(古代) 작가(作家)의 작품(作品)과 가튼 효과(效果)를 산출(産出)하는 데 그의 노력(努力)을 집중(集中)할 것이다. 무엇보다도 그는 그들의 주의(注意)를 단지(單只) 분리(分離)된 표현(表現)이나 행동(行動)에 대(對)한 언어(言語)에만 집주(集注)하고, 행위(行爲) 그것에는 하지 안는 현대비평가(現代批評家)의 황어(謊語)에서 구출(救出)될 것이다. 그리하야 지나가는 시간(時間)의 「허(虛)」 속에서 착상(着想)되어 그의 무상성(無常性)을 분유(分有)하는 시적(詩的) 작품(作品)을 산출(産出)하는 위험(危險)에서 버서날 것이다.

十二. 내용(內容)과 형식(形式)

지금(只今)까지 우리가 보아 온 바와 가티 아놀드는 주(主)로 문예(文藝)의 내용(內容)을 취급(取扱)하여 왔슴으로 그는 문학(文學)의 형식(形式)과 기교(技巧)에 대하야는 조금도 관심(關心)을 갓지 안흔 것처럼 생각하는 사람이 잇다면 그는 큰 오해(誤解)이다.

그는 시(詩)는 「인생(人生)의 비평(批評)」이라는 말로만 만족(滿足)하지 못하고 그에 첨가(添加)하야 말하얏다.

「시(詩)는 시적(詩的) 진실(眞實)과 시적(詩的) 미(美)에 법칙(法則)에 합치(合致)되어 제작(製作)되지 안흐면 아니 된다. 제재(題材)나 내용(內容)의 진실(眞實)과 성실(誠實) 어법(語法)과 표현(表現)의 교묘(巧妙)와 완전(完全)히 시적(詩的) 진(眞)과 미(美)의 법칙(法則)에 쪼치난 인생(人生)의 비평(批評)을 구성(構成)하는 것이다」(빠이론론(論)).

그리고 그는 다시 「시(詩)의 연구(硏究)」 속에서 다음과 가튼 말을 하얏다. 「최고(最高)의 시(詩)에 잇서서 이 진지(眞摯)와 성실(誠實)의 최상(最上)의 우월(優越)은 그의 문체(文體)와 표현(表現)을 구성(構成)하는 어법(語法)과 취향(趣向) 우월성(優越性)과는 분리(分離)할 수 업는 것이다. 이 두 우월성(優越性)을 밀접(密接)히 관련(關聯)되어 서로 확호(確乎)한 비례(比例)를 일우고 잇다. 시인(詩人)의 제재(題材)에 숭고(崇高)한 시적(詩的) 진실(眞實)과 성실(誠實)이 결핍(缺乏)하면 하는 그 만큼 어법(語法)과 취향(趣向)에 고상(高尙)한 시적(詩的) 양상(樣相)이 그의 문체(文體)에 결핍(缺乏)함을 확실(確實)하다.

그리고 또한 어법(語法)과 취향(趣向)의 이 고상(高尙)한 숭앙(崇仰)이 시인(詩人)의 문체(文體)에 결핍(缺乏)함에 비례(比例)하야 고귀(高貴)한 시적(詩的) 진실(眞實)과 성실(誠實)이 그의 제재(題材)에도 결핍(缺乏)하다.

-『조선중앙일보(朝鮮中央日報)』 1934. 8. 24~1934. 9. 2.

Ⅲ. 형식(形式)에의 통론자(痛論者)
─페이터의 예술관(藝術觀)[2]

앞서 본지상(本紙上)에 소개(紹介)한 바와 가티 「매쓔-아놀드」는 「시(詩)는 인생(人生)의 비평(批評)」이라 하얏다. 시(詩)는 인생(人生)의 비평(批評)임으로 어떤 객관적(客觀的) 규준(規準)을 가지고 이에 임(臨)할 수는 업다. 이리하야 그는 그 당시(當時)의 정치적(政治的), 실제적(實際的), 종교적(宗教的) 규준(規準)을 가지고 문학(文學)에 임(臨)하랴는 풍조(風潮)에 감연(敢然)히 반항(反抗)하야 「몰이해적(沒利害的) 관심(關心)」으로 문학(文學)에 대(對)하지 안흐면 안된다고 부르지젓다. 따라서 예술(藝術)에 가치(價値)를 부여(賦與)하는 표준(標準)은 예술(藝術) 안에 잇는 것이요 예술(藝術)밧게 잇는 것이 아니다.

이 곳에서 다음과 가튼 반성(反省)이 일어난다.

「문학(文學)의 미(美)는 소재(素材) 속에 침투(浸透)하야 내면(內面)으로부터 그것을 빗최이는 작자(作者)의 영(靈)의 광휘(光輝)라고 하면 그리고 비평가(批評家)의 태도(態度)는 아모런 선입주관(先入主觀)에도 구속(拘束)되지 안흔 무관심적(無關心的) 태도(態度)요 완전(完全)에 대(對)한 애모(愛慕)로써 세계(世界)에 잇서 일즉이 사상(思想)되고 표현(表現)된 최선(最善)의 것을 소개(紹介)하야 우아(優雅)와 광명(光明)을 초래(招來)하는 것이라면 비평가(批評家)는 그 자신(自身)

---

2 이 글은 기왕에 출간된 『김환태전집』에서 판독불량으로 누락된 2회분(『조선중앙일보』, 1935. 4. 3~4. 5)을 새로 판독하여 보완한 것임.

을 위(爲)한 사랑으로써 인생(人生)을 사랑하고 미(美)를 사랑하야 체험(體驗)한 바를 그 자신(自身)을 위(爲)하야 표현(表現)하면 고만이아니냐?」

이것이 「페이터」의 태도(態度)다. 아-놀드는 문예(文藝)의 비평(批評)이나 감상(鑑賞)에 잇서서 역사적(歷史的) 방법(方法)을 배척(排斥)하면서도 그 방법(方法)에서 완전(完全)이 탈출(脫出)하지 못하엿스나 페이터는 아-놀드의 입장(立場)을 한층(層) 더 철저(徹底)이 하야 표현(表現) 그 자신(自身)을 예술(藝術)의 본질(本質)로 보고 표현(表現)된 것에서 표현(表現)하는 심령(心靈)을 보라고 하엿다.

이리하야 아-놀드는 주(主)로 내용(內容)에 대(對)하야 말하엿스나 페이터는 아-놀드와 동일(同一)한 입장(立場)에서 주(主)로 예술(藝術)의 형식(形式)과 기교(技巧)에 대(對)하야 말하엿다. 그럼으로 우리가 아-놀드와 페이터를 아울러 읽을 때 우리는 예술(藝術)과 문학(文學)이 무엇이라는 것을 한층(層) 더 완전(完全)이 이해(理解)할 수 잇슬 것이다.

一. 비평적(批評的) 태도(態度)

페이터의 비평적(批評的) 태도(態度)에 대(對)한 견해(見解)는 「문예부흥(文藝復興)」의 서문(序文)에 가장 명료(明瞭)히 표명(表明)되여 잇다. 그럼으로 그의 비평적(批評的) 태도(態度)에 대(對)한 견해(見解)를 알야면 우리는 무엇보다도 먼저 이 서문(序文)을 읽지 안흐면 아니된다. 그의 의견(意見)에 의(依)하면 시(詩)와 예술(藝術)을 논(論)하는 만흔 사람이 미(美)를 추상적(抽象的)으로 정의(定義)하야 이를 가장 일반적(一般的)인 언어(言語)로 표현(表現)하고 이를 위(爲)하야 어떤 보편적(普遍的) 법식(法式)을 발견(發見)하랴고 노력(努力)하여 왔다. 그러나 이들 기도(企圖)의 가치(價値)는 우연(偶然)히 언급(言及)된 암시적(暗示的)이요 통찰적(洞察的)인 사물(事物) 속에 가장 만히 잇섯다. 이와 가튼 논의(論議)는 예술(藝術)과 시(詩)에 잇서서 잘 된 것을 향락(享樂)하거나 그것들 속에 잇는 우수(優秀)한 것과 저급(低級)한 것을 판별(辨別)하거나 미(美)라든지 걸출(傑出)이라든지 예술(藝術)이라든지 시(詩)라는 언어(言語)를 보통(普通) 그것들이 의미(意味)하는 것보다 더욱 정확(正確)한 의미(意味)로 사용(使用)하거나 하는 데 아모런 도음도 되지 못한다. 미(美)는 인간(人間)의 경험(經驗)에 제공(提供)되는 모-든 딴 성질(性質)과 가티 상대적(相對的)이다. 그럼으로 그의 정의(定義)는 그의 추상성(抽象性)에 비례(比例)하야 무의미(無意味)하야지고 무용(無用)하야진다. 그리하야 미(美)를 가장 추상적(抽象的) 언어(言語)로가 아니라 될 수 잇는대로 구체적(具體的) 언어(言語)로 정의(定義)하고 그의 일반적(一般的) 법식(法式)이 아니라 미(美)와 그의 특징적(特徵的) 현현(顯現)을 가장 적당(適當)히 표명(表明)하는 방식(方式)을 발견(發見)하는 것이 진정(眞正)한 미학도(美學徒)의 목적(目的)이다.

그럼으로 아-놀드가 말한 바와 가티 「대상(對象)을 실제(實際)로 잇는 그대로 보는 것」은 모-든 진정(眞正)한 비평가(批評家)의 목적(目的)이라고 말할 수 잇다. 그리하야 그 대상(對象)을 실제(實際)로 잇는 그대로 우리가 심미비평(審美批評)에 종사(從事)하고 잇슬 때 자기(自己)가 감수(感受)한 인상(印象)을 여실(如實)이 인지(認知)하고 판별(辨別)하고 실감(實感)하는 것을 의미(意味)한다.

「이 시가(詩歌)와 회화(繪畵)와 인생(人生)과 서적(書籍) 속에 현출(現出)된 이 매력(魅力) 잇는 인물(人物)은 내게 대(對)해서 무엇이냐? 만일(萬一) 그것이 나에게 깃붐을 준다고 하면 어떠한 종류(種類)의 깃븜이며 얼마만한 정도(程度(度))에 잇서서 이냐. 나의 천성(天性)이 미(美)의 존재(存在)에 의(依)하야 그리고 그의 영향(影響)미테 어떠케 변개(變改)되엿느냐? 그들의 질문(質問)에 대답(對答)하는 사람이 비평가(批評家)다.」

그리하야 만일(萬一) 이것이 진정(眞正)한 비평가(批評家)이라면 그는 미(美)란 그 본질(本質)에 잇서서 무엇이냐라든가 미(美)의 진리(眞理)와 경험(經驗)에 대(對)한 밀접(密接)한 관계(關係)는 무엇이냐라는 추상적(抽象的) 문제(問題)에 초려(焦慮)할 필요(必要)는 업다. 그는 그들의 모-든 문제(問題)를 그것들이 해답(解答)할 수 잇는 것이고 업는 것이고 간(間)에 자기(自己)에게 아모런 관계(關係)도 업는 것으로써 운연과안시(雲煙過眼視)해도 조타.

그리하야 심미적(審美的) 비평가(批評家)는 그가 취급(取扱)하는 모-든 대상(對象)을 즉(卽) 모-든 예술작품(藝術作品)과 자연(自然)과 인간생활(人間生活)의 보다 더 미려(美麗)한 형식(形式)의 유쾌(愉快)한 감각(感覺)을 산출(產出)하는 다소(多少)의 정도(程度(度))에 잇서서 특이(特異)하고 무쌍(無雙)한 힘으로써 상정(想定)한다. 이 영향(影響)을 그는 감지(感知)한다. 그리하야 그를 분석(分析)과 그의 요소(要所)에 환원(還元)시킴으로써 해명(解明)하랴 한다.

그럼으로 심미적(審美的) 비평가(批評家)의 직능(職能)은 미(美)의 부속물(附屬物)과 그것에 의(依)하야 회화(繪畵)나 풍경(風景)이나 인생(人生)이나 서적(書籍) 속에 잇는 아름다움 인물(人物)이 그것이 표현(表現)되여 잇는 정상(情狀)에 비례(比例)하야 미(美)와 희열(喜悅)의 독특(獨特)한 인상(印象)을 산출(產出)하는 그 가치(價值)를 판별(辨別)하고 분석(分析)하고 분리(分離)시기는 데 잇다. 그럼으로 가장 중요(重要)한 것은 비평가(批評家)가 지성(知性)을 위(爲)하야 미(美)의 정확(正確)한 추상적(抽象的) 정의(正義)를 가지는 것이 아니요 일종(一種)의 기질적(氣質的) 아름다운 대상(對象)의 현출(現出)에 의(依)하야 감동(感動)되는 힘을 가지는 것이다.

비평가(批評家)는 미(美)는 만흔 형식(形式)으로써 존재(存在)한다는 것을 언제나 잇지 안을 것이다. 그에 잇서서는 모-든 시대(時代) 모-든 전형(典型) 모-든 취미(趣味)의 유파(流派)는 전연(全然) 동일(同一)하다. 모-든 시대(時代)에 얼마만의 우수(優秀)한 예술가(藝術家)가 잇섯고 얼마만의 탁월(卓越)한 작품(作品)이 산출(産出)되엿다. 그는 언제나 다음과 가튼 문제(問題)를 제출(提出)하고 잇지 안흐면 안이 된다.

「시대(時代)의 동요(動搖)와 특질(特質)과 정서(情緒)는 누구에게서 발견(發見)할 수가 잇슬가? 시대(時代)의 순화(醇化)와 향상(向上)과 취미(趣味)의 용기(容器)는 어대 잇섯는가?」 그리하야 그는 우수(優秀)한 것이 최저(最低)에서 최고(最高)로 승양(昇揚)하야 얼마나 작가(作家) 속에 감초여 잇는가를 심사(審査)한다.

페이터는 이와 가튼 비평적(批評的) 태도(態度)로 문예부흥(文藝復興)을 연구(研究)하얏다. 즉(卽) 그는 먼저 시인(詩人)이나 화가(畵家)에 의(依)한 미(美)의 본질(本質)을 감득(感得)하엿다. 그리고 그는 그를 소화(消化)하야 최후(最後)에 토로(吐露)하엿다. 그리하야 그는 세상(世上)의 모-든 사물(事物)을 보고 감촉(感觸)하는 데 그의 전(全) 심령(心靈)을 집중(集中)시겻슴으는 그는 그가 보고 감촉(感觸)하는 사물(事物)에 대(對)하야 이론(理論)을 형성(形成)할 여가(餘暇)를 가지지 못하얏다. 우리가 하여야 할 일은 언제나 호기심(好奇心)을 가지고 새 의견(意見)을 음미(吟味)하고 새 인상(印象)을 추구(追求)할 것이요 결(決)코 「콘트」나 「헤-겔」이나 그 유파(流波)의 경이(輕易)한 전통(傳統)에 묵종(黙從)할 것이 아니다.

페이터를 인상주의자(印象主義者)로써 비난(非難)하는 사람이 왕왕

(往往) 잇스나 그를 단순(單純)한 인상주의(印象主義)로만 보는 것은 큰 과오(過誤)다. 그는 「비평가(批評家)의 임무(任務)는 대상(對象)의 인상(印象)을 충호(忠好)이 표출(表出)하는 데 잇다」고 하얏다. 그의 출발점(出發點)은 한 작품(作品)이 어떠한 영향(影響)을 그에게 주었는가를 탐색(探索)하는 데 잇섯다.

이와 가튼 의미(意味)에 잇서서 그는 샌트ㆍ버-브를 계승(繼承)한 인상주의자(印象主義者)다. 그러나 그는 그들의 인상(印象)을 무질서(無秩序)하고 부주의(不注意)하게 토로(吐露)하는 인상주의자(印象主義者)와는 전연(全然) 달으다.

그는 예민(銳敏)한 감상력(鑑賞力)과 예술(藝術)에 대(對)한 심대(深大)한 지식(知識)을 가지고 잇다. 그는 말한다.

「우리의 교양(敎養)은 기피와 의뢰(依賴)에 잇서서 이들 인상(印象)에 대(對)한 감수성(感受性)에 정비례(正比例)하여진다.」

그뿐 아니라 그는 인상(印象)으로만 만족(滿足)하지 안코 그를 변별(辯別)하고 분석(分析)하고 그것의 부속물(附屬物)에서 분리(分離)하야 그 인상(印象)의 이유(理由)와 배경(背景)을 탐색(探索)하엿다는 것을 우리는 이저서는 안 된다.

진실(眞實)로 그의 과정(過程)은 결(決)코 타기(唾棄)할 결과(結果)를 남기지 안엇고 고대(古代)의 규준체계(規準體系)와 가튼 불행(不幸)하고 현저(顯著)한 실패(失敗)에 빠지지도 안엇다.

二. 인생(人生)과 예술(藝術)

예술(藝術)과 인생(人生)에 대(對)한 페이터의 견해(見解)는 「문예부흥(文藝復興)」의 발문(跋文)에 가장 명료(明瞭)히 표명(表明)되어 잇

123

다. 그러니 우리는 그에 따러 그의 인생(人生)과 예술(藝術)에 대(對)한 견해(見解)를 조처 보자.

모-든 사물(事物)은 유동(流動)하야 정지(停止)치 안는다. 그는 우리의 외적(外的) 세계(世界)에 대(對)하여서만 말할 수 잇는 것이 아니다. 사상(思想)과 감정(感情)의 내적(內的) 세계(世界)에 대(對)하야서도 말할 수 잇다.

처음 볼 때에는 경험(經驗)은 예리(銳利)하고 번잡(煩雜)한 현실(現實)을 우리에게 강압(强壓)하고 기천(幾千)의 형식(形式)의 작동(作動)에 우리를 호출(呼出)하면서 외적(外的) 대상(對象)의 홍수(洪水)미테 우리를 매몰(埋沒)시기랴고 하는 것 가티 생각(生覺)된다. 그러나 반성(反省)이 그들 대상(對象) 우에 시작(始作)될 때 그들 대상(對象)은 그의 영향(影響)미테 소멸(消滅)한다. 점착력(粘着力)은 어떠한 마법(魔法)을 바든거와 가티 일시(一時) 중단(中斷)된 것 가티 보인다. 각(各) 대상(對象)은 관자(冠者)의 심중(心中)에서 인상(印象)의 일단(一團)에 채색(彩色)과 향기(香氣)와 문의에 분해(分解)한다.

모-든 사물(事物)은 결(決)코 사람에 대(對)하야 그의 객관적(客觀的) 존재(存在)를 확보(確保)하지 못한다. 그들은 단지(單只) 비과(飛過)하는 환영(幻影)에 지나지 안는다. 그들 환영(幻影)과 환상(幻像)은 우리의 개성(個性)이 창출(創出)하는 것이다. 그러나 개성(個性) 그것이 우리가 세상(世上)에 조출(造出)한 그것들과의 교통(交通)을 방해(妨害)한다.

이들의 인상(印象)은 각각(各各) 다 고립(孤立)한 개성(個性)의 인상(印象)이다. 정신(精神)은 각기(各其) 고독(孤獨)한 수인(囚人)으로써 한 세계(世界)에 대한 그 자신(自身)의 꿈을 보지(保持)하고 잇다.

「분석(分析)은 다시 일보(一步)를 전진(前進)한다. 그리하야 각개(各個)의 정신(精神)의 인상(印象)은- 우리에게 대(對)하야는 경험(經

驗)이 인상(印象)이 되는 것이나― 언제나 도주(逃走)하랴 하고 잇다는 것과 각개(各個)의 인상(印象)은 시간(時間)에 제한(制限)되여 잇다는 것과, 시간(時間)을 무한(無限)이 분할(分割)할 수 잇는 바와 가티 인상(印象)도 무한(無限)이 분할(分割)할 수가 잇다는 것을 이 분석(分析)은 우리에게 증명(證明)한다. 인상(印象)에 잇서서 진실(眞實)한 모-든 것은 일순간(一瞬間)에 지나지 안흠으로 우리가 그것을 이해(理解)하랴고 할 동안에 소실(消失)한다. 인상(印象)에 대(對)하야는 그것에 재(在)한다는 것보다 돌이어 존재(存在)한가를 정지(停止)하엿다고 함이 더 진리(眞理)일 것이다. 분류(奔流) 우에 끈임업시 형성(形成)하는 무서운 귀화(鬼火)에, 그 속에 어떠한 의미(意味)를 가지고 잇는 단일(單一)하고 첨예(尖銳)한 인상(印象)에 우리의 생활(生活)에 잇서서 진정(眞正)한 것이 순화(淳化)된다. 이 운동(運動) 즉(卽) 인상(印象)과 심상(心像)과 감각(感覺)의 분해(分解)로써 우리 자신(自身)의 소실(消失)과 조성(組成)으로써 분석(分析)은 끗난다.」

인간정신(人間精神)에 대(對)한 철학(哲學)의 기여(寄與)는 정신(精神)을 각성(覺醒)시켜 부단(不斷)의 그리고 열렬(熱烈)한 관찰(觀察)의 생활(生活)을 하게 하는 곳에 잇다.

비평(批評)의 도구(道具)로써 또는 견지(見地)로써의 철학적(哲學的) 이론(理論)이나 관념(觀念)은 우리가 그것 업시는 부주의(不注意)하게 그대로 지내처바리고 말 것을 습집(拾集)하는 데 도움이 될 것이다. 이 경험(經驗)의 어느 부분(部分)을 그 속에 우리가 들어갈 수 업는 이해관계(利害關係) 때문에 또는 우리가 동의(同意)하지 안흔 어떤 추상적(抽象的)이론(理論) 때문에 또는 단지(單只) 편의적(便宜的)인 것 때문에 희생(犧牲)하기를 우리에게 요구(要求)하는 이론(理論)이나 관념(觀念)이나 체계(體系)는 우리에게 아모런 진실(眞實)한 요구(要求)를 가지지 못한다.

「경험(經驗)의 결과(結果)가 아니라 경험(經驗) 그것이 목적(目的)이다. 변전무쌍(變轉無雙)한 극적(劇的)인 생애(生涯)를 보내는 우리에게 부여(賦與)된 것은 유한기(有限期)의 맥박(脈膊)에 지나지 안는다. 가장 정묘(精妙)한 감각(感覺)으로 이 맥박(脈膊) 중(中)에서 볼 수 잇는 전부(全部)를 보랴면 우리는 어떠케 하여야 할 것인가? 어떠케 점(點)에서 점(點)으로 가장 민속(敏速)히 이동(移動)하야 생명력(生命力)이 가장 만히 그들의 가장 순수(純粹)한 에너-지를 발휘(發揮)하고 잇는 초점(焦點)에 언제든지 잇슬 수 잇슬까? 이들 문제(問題)를 끊임업시 심색(尋索)하고 그 속에 사는 것이 우리 인생(人生)의 목적(目的)이다.」

페이터는 다시 엄연(儼然)이 부르짓는다.

「일체(一切)의 사물(事物)이 우리의 발미테서 용해(溶解)할 때에 한 순간(瞬間) 우리의 영(靈)을 자유(自由)롭게 하야주는 것 가티 뵈이는 어떤 정묘(精妙)한 감정(感情)이나 지식(知識)에 대(對)한 공헌(貢獻)이나 관능(官能)의 자극(刺戟)이나 기묘(奇妙)한 색채(色彩)나 진기(珍奇)한 향기(香氣)나 또는 예술가(藝術家)의 손에 된 작품(作品)이나 그의 벗의 얼골을 포착(捕捉)하랴고 하는 것은 당연(當然)하다. 우리를 싸고도는 사람들에게서 모-든 순간(瞬間)에 정열적(情熱的) 태도(態度)를 그리고 그들의 휘황(輝煌)한 천품(天禀) 속에서 진행(進行) 중(中)에 비극적(悲劇的)으로 분해(分解)하는 힘을 식별(識別)하지 안흠은 서리와 해의 이 짧은 인생(人生)에 잇서서 저녁이 되기 전(前)에 잠을 자는 것과 갓다.」

페이터는 유고-와 가티 「우리는 모다 집행(執行)이 무기연기(無期延期)된 사형(死刑) 선고(宣告)를 밧고 잇다」는 것을 용인(容認)한다.

그러나 이 사실(事實)은 그를 자포자기(自暴自棄)시키거나 세상(世上)으로부터 은둔(隱遁)시키지 안코, 배전(倍前)의 흥미(興味)를 가지고 다시 인생(人生)에 돌아가게 한다.

페이터는 경험(經驗)에 불가결(不可缺)한 인생(人生)에 대(對)한 열렬(熱烈)한 관능(官能)에 대(對)하야 그것이 너이들에게 이 발랄(潑剌)하고 풍부(豊富)한 의식(意識)의 과실(果實)을 주는 것이라 말한다.

이에 잇서서 그의 이 논문(論文)을 필연적(必然的)으로 예술(藝術)의 관념(觀念)에 언급(言及)하게 되야 다음과 가티 말한다.

「그와 가튼 지혜(智慧)를 시적(詩的) 열정(熱情)과 미(美)의 열망(熱望)과 예술(藝術) 그 자신(自身)을 위(爲)한 사랑이 가장 만히 가지고 잇다.

그는 예술(藝術)은 우리들의 순간(瞬間)이 지나갈 때에 단지(單只) 그들 순간(瞬間)만을 위(爲)하야 그것들에게 최고(最高)의 성질(性質)을 부여(賦與)하게 하기 때문이다.」

이 곳에서 우리는 페이터의 인생철학(人生哲學)과 예술관(藝術觀)과의 가장 밀접(密接)한 관련(關聯)을 본다. 경험(經驗)을 위(爲)한 경험(經驗)의 관념(觀念)은 불가피적(不可避的)으로 그를 예술(藝術)을 위(爲)한 예술(藝術)의 관념(觀念)에 인도(引導)한다. 그리하야 그는 다음과 가티 불으짓는다.

「이 치열(熾烈)하고 보석(寶石)과 가튼 화염(火焰)을 통(通)하여 연소(燃燒)하는 것이 그리고 언제나 이 황홀(恍惚) 속에 사는 것이 인생(人生)의 잇서서의 성공(成功)이다. 그리하야 인생(人生)에 잇서서의 이 성공(成功)을 조장(助長)하는 것이 곳 예술(藝術)이다. 그럼으로 세상(世上)의 아들들 중(中)에 가장 현명(賢明)한 자(者)는 그들의 무기집행연기(無期執行延期)를 바든 사형선고(死刑宣告) 기간(期間)을 그 기간(期間)을 확장(擴張)하고 그 부여(賦與)된 기간(期間) 내(內)에 될 수 잇는 대로 만흔 고동(鼓動)을 얻기 위(爲)하야 예술(藝術) 속에서 보낸다」

三. 음악(音樂)과 기타(其他)의 예술(藝術)

각(各) 예술(藝術)은 그의 독특(獨特)한 영역(領域)을 가지고 잇다. 그럼으로 우리는 반대(反對)되는 원리(原理) 즉(卽) 각(各) 예술(藝術) 의 감각적(感覺的) 소재(素材)는 딴 어떠한 형식(形式)에도 번역(飜譯) 할 수 업는 미(美)의 독특(獨特)한 형상(形象)과 성질(性質)을 그리고 종류(種類)에 잇서서 상위(相違)한 인상(印象)의 계통(系統)을 일흐킨 다는 것에 대(對)하야 명료(明瞭)한 이해(理解)를 가지지 안흐면 안 된다. 그는 예술(藝術)은 순수감각(純粹感覺)에 더욱이 순수지성(純粹 知性)에 호소(呼訴)하는 것이 아니라 감각(感覺)을 통(通)하야 「상상 적(想像的) 이성(理性)」에 호소(呼訴)하는 것임으로 천부(天賦)의 감각 (感覺) 그것의 종류(種類)의 상위(相違)함에 따라 심미적(審美的) 미 (美)의 종류(種類)도 또한 달으기 때문이다. 그럼으로 각(各)예술(藝 術)은 상상(想像)에 도달(到達)하는 그 독특(獨特)한 형식(形式)과 그 소재(素材)에 대(對)한 그의 독특(獨特)한 책무(責務)를 가지고 잇다.

따라서 심미적(審美的) 비평(批評)의 직무(職務)의 하나는 이들의 한계(限界)를 확정(確定)하는 데 잇다. 그 속에서 어떠한 소여(所與)된 예술작품(藝術作品)이 그의 독특(獨特)한 소재(素材)에 대(對)한 책무 (責務)를 수행(遂行)하는 그 정도(程度)를 평가(評價)하는 데 잇다. 회 화(繪畵)에서 단순(單純)한 시적(詩的) 사상(思想)이나 정서(情緖)도 아니요 색채(色彩)나 도안(圖案)에 잇서서 전수(傳受)할 수 잇는 기교 적(技巧的) 숙련(熟練)의 단순(單純)한 결과(結果)도 아닌 진정(眞正) 한 회화적(繪畵的) 매력(魅力)을 지적(指摘)함에 잇다. 시(詩) 속에서 단순(單純)이 서술적(敍述的)도 명상적(冥想的)도 아니요 율동적(律動 的) 언어(言語)와 가요(歌謠)의 요소(要素)의 독창적(獨創的) 취급(取 扱)에서 오는 진정(眞正)한 시적(詩的) 성질(性質)을 지시(指示)함에 잇다. 음악(音樂)에 잇서서 음악(音樂)이 우리에게 전달(傳達)되는 독특(獨特)한 형식(形式)에서 분리(分離)된 언어(言語)와 사상(思想)의 재료(材料)를 표출(表出)치 안는 음악적(音樂的) 매력(魅力) 즉 근본적(根本的) 음악(音樂)을 주시(注視)함에 잇다. (쭐죠네파(派))

그러나 우리는 그의 부여(賦與)된 소재(素材)를 취급(取扱)하는 독특(獨特)한 형식(形式)에 잇서서 각(各)예술(藝術)은 어떤 딴 예술(藝術)의 상태(狀態)에 들어가기를 갈망(渴望)한다는 것을 이저서는 아니된다.

그러면 그 갈망(渴望)의 대상(對象)은 무엇이냐?

「모-든 예술(藝術)」은 페이터는 확호(確乎)한 신념(信念)을 가지고 엄연(儼然)히 불으짓는다. 「끈임업시 음악(音樂)의 상태(狀態)를 갈망(渴望)한다.」

그는 모-든 딴 종류(種類)의 예술(藝術)에 잇서서 형식(形式)과 내용(內容)을 구별(區別)할 수가 잇고 오성(悟性)은 이 구별(區別)을 할 수가 잇는 동시(同時)에 그를 강요(强要)하는 것이 예술(藝術)의 부단(不斷)한 노력(努力)이다. 시(詩)의 단순(單純)한 내용(內容) 예(例)를 들면 그의 주제(主題) 즉 그의 소여(所與)된 사건(事件)이나 경우(境遇)와 한 회화(繪畵)의 단순(單純)한 내용(內容)과 한 사건(事件)의 실제적(實際的) 환경(環境)과 한 풍경(風景)의 실제적(實際的) 지형(地形)이 취급(取扱)의 형식(形式) 이외(以外)의 아모것도 아니여야 한다는 것이 형식(形式) 즉 취급(取扱)의 양식(樣式)이 내용(內容)의 모-든 부분(部分)에 삼투(滲透)하야야 한다는 것 ― 이것이 모-든 예술(藝術)이 끈임업시 추구(追求)하고 상위(相違)한 정도(程度)에 잇서서 수행(遂行)하는 것이다.

「그럼으로 예술(藝術)은 언제나 단순(單純)한 지성(知性)에서 독립(獨立)하랴고 노력(努力)한다. 순수(純粹)한 완성(完成)의 내용(內容)

이 되기를 노력(努力)한다. 그의 주제(主題)가 소재(素材)의 책무(責務)에서 버서나랴고 노력(努力)한다. 그리하야 시(詩)와 회화(繪畵)의 이상적(理想的) 견본(見本)은 그것에 잇서서는 작품(作品)의 구성적(構成的) 요소(要素)가 내용(內容) 즉 주제(主題)가 단지(單只) 지식(知識)만 자극(刺戟)하거나 또는 형식(形式)이 눈과 귀만 자극(刺戟)하는 것이 아니라 형식(形式)과 내용(內容)이 완전(完全)이 합일(合一)하고 일치(一致)하야 상상적(想像的) 이성(理性) 즉 그것 때문에 모-든 사상(思想)과 감정(感情)이 명료(明瞭)히 지각(知覺)할 수 잇는 유사(類似)와 상징(象徵)을 가지고 탄생(誕生)되는지 복잡(複雜)한 재능(才能)에 단일(單一)한 효과(效果)를 산출(産出)식히도록 서로 완전(完全)이 용해(溶解)하여 잇는 그런 시(詩)와 회화(繪畵) 속에 잇다」(졸죠네파(派)).

이 예술적(藝術的) 이상(理想)과 형식(形式)과 내용(內容)의 완전(完全)한 일치(一致)를 가장 완전(完全)이 실현(實現)하는 것이 곧 음악예술(音樂藝術)이다. 음악(音樂)의 완전(完全)한 순간(瞬間)에 잇서서는 목적(目的)과 의미(意味)와 형식(形式)과 내용(內容)과 주제(主題)와 표현(表現)이 구별(區別)되지 안는다. 그들은 서로 예속(隸屬)하고 서로 침투(浸透)한다. 그럼으로 그것을 곳 그의 완전(完全)한 순간(瞬間)의 상태(狀態)를 모-든 예술(藝術)은 동경(憧憬)한다고 볼 수가 잇다.

그리하야 시(詩)에 잇서서보다도 음악(音樂)에 잇서서 완전(完全)한 예술(藝術)의 진정(眞正)한 전형(典型)과 척도(尺度)를 차즐 수 잇다.

「그럼으로 각(各)예술(藝術)이 그의 전수(傳授)할 수 업는 요소(要素)와 그의 해방(解放)할 수 업는 인상(印象)과 상상적(想像的) 이성(理性)에 도달(到達)하는 그의 독특(獨特)한 양식(樣式)을 가지고 잇드라도 예술(藝術)은 부단(不斷)히 음악(音樂)의 법칙(法則)과 음악(音樂)만이 완전(完全)이 실현(實現)할 수 잇는 원리(原理)의 상태(狀態)

를 추구(追求)하고 잇다고 할 수 잇다」(同上).

이에 최후(最後)로 나는 지금(只今)까지 만흔 오해(誤解)를 바든 「음악(音樂)」이라는 단어(單語)를 페이터가 엇더한 의미(意味)로 썻는가를 설명(說明)할 의무(義務)를 늣긴다.

그는 「음악(音樂)」이라는 이 단어(單語)로 결(決)코 예술(藝術)의 일종(一種)으로써의 체계적(體系的) 음악(音樂)을 의미(意味)한 것이 아니라 음악(音樂)만이 완전(完全)이 실현(實現)할 수 잇는 형식(形式)과 내용(內容) 주지(主旨)와 표현(表現)의 가장 완전(完全)한 합일(合一)의 상태(狀態)를 의미(意味)한 것이다. 우리가 이 단어(單語)를 이러케 이해(理解)할 때 페이터의 음악설(音樂說)에 대(對)한 오해(誤解)는 완전(完全)이 일소(一掃)되고 말 것이다.

四. 산문(散文)과 시(詩)

정신(精神)의 모-든 진보(進步)는 대부분(大部分) 분화(分化)에 즉 몽롱(朦朧)하고 착잡(錯雜)한 대상(對象)을 그 외 조성적(組成的) 양태(樣態)에 분해(分解)함에 잇다. 그럼으로 정당(正當)한 이성(理性)이 분해(分解)하여 노흔 것을 혼합(混合)하고 수행(隨行)된 구분(區分) 예(例)를 들면 시(詩)와 산문(散文)의 구별(區別) 더욱 자세(仔細)히 말하자면 운문(韻文)과 산문(散文)의 법칙(法則)과 특징적(特徵的) 우월성(優越性)의 구별(區別)을 상실(喪失)함은 확실(確實)히 큰 손실(損失)이다.

그런 일방(一方) 산문(散文)과 시(詩) 간(間)의 상위(相違)를 넘어나 강조(强調)하랴는 사람은 산문(散文)의 고유(固有)의 직무(職務)를 넘어나 협소(狹小)하게 제한(制限)하게 될 것이다. 이것도 또한 큰 오류

131

(誤謬)다. 그는 우리가 시(詩) 속에서 사조(詞藻)와 인유(引喩)와 혼합(混合)된 배경(背景) 속에서 사상(思想)과 논리적(論理的) 구상(構想)을 발견(發見)할 수가 잇고 산문(散文) 속에서 우리가 시(詩)라고 부르는 것 즉 상상적(想像的) 이성(理性)을 차저내일 수가 잇기 때문이다.

「예술(藝術)을 구별(區別)하는 것은 진실(眞實)로 상상력(想像力) 그것이다. 그리고 이 상상력(想像力)에 의(依)하야지만 우리는 상상적(想像的) 예술(藝術)과 사실(事實)이나 사실(事實)의 집단(集團)으로 된 예술(藝術)과를 구별(區別)할 수 잇다」(문체론(文體論)).

상상적(想像的) 예술(藝術)은 「사실(事實)의 표현(表現)이 아니라 그의 의미(意味)의 곳 세계(世界)에 대한 예술가(藝術家)의 독특(獨特)한 직관(直觀)의 표현(表現)이다.」 그리하야 그는 독자(讀者)에게 작자(作者)의 정신(精神)을 포착(捕捉)하고 그와 함께 생각(生覺)하게 한다」

「작자(作者)의 의식적(意識的)이고 무의식적(無意識的)이고 간(間)에 세계(世界)나 사실(事實)의 묘사(描寫)가 아니라 그에 대(對)한 그의 의미(意味)의 묘사(描寫)에 도달(到達)함에 정비례(正比例)하야 그는 예술가(藝術家)가 되고 그의 작품(作品)은 선량(善良)한 예술(藝術)이 된다. 그리고 선량(善良)한 예술(藝術)은 그 의미(意味)의 표현(表現)의 진실성(眞實性)에 정비례(正比例)하야 선량(善良)한 예술(藝術)이 된다. 문학(文學)의 비속(卑俗)한 기능(機能)에 잇서서와 가티 진실성(眞實性)은— 적나라(赤裸裸)한 사실(事實)에 대(對)한 「진실(眞實)은 또한 그런 예술적(藝術的) 성질(性質)의 정수(精粹)이다. 진실성(眞實性)— 그러타 그것 업시는 예술(藝術)에는 아무런 가치(價値)도 기교(技巧)도 잇을 수 업다. 그리하야 일보(一步) 더 나아가 모-든 미(美)는 결국(結局) 진실성(眞實性)의 정량성(精良性)에 지나지 안는다. 우리가 표현(表現)이라고 부르짓는 것 곳 내적(內的) 영상(影像)에 대(對)한 언어(言語)의 좀 더 정미(精美)한 적응(適應)에 지나지 안는다」

(문체론(文體論)).

상상적(想像的) 산문(散文)은 현대(現代)의 독특(獨特)한 그리고 총애(寵愛)를 밧는 예술(藝術)이다. 그는 현대(現代)의 다음 두 가지의 중대(重大)한 사실(事實)에서 결과(結果) 되는 것이다. 그 첫재는 지적(知的) 산물(産物)을 현대(現代)의 주류(主流)를 만드는 현대(現代) 흥미(興味)의 혼돈(混頓)한 다양성(多樣性)과 복잡성(複雜性)이요 둘째는 전(全)세계(世界)에 미만(彌漫)한 자연주의(自然主義) 즉(卽) 무엇이고 잇는 그대로의 것에 대(對)한 호기심(好奇心)이다.

그리하야 산문(散文)의 형식(形式)은 문체(文體)임으로 그는 이 문체(文體)에 대(對)하야 상세(詳細)히 의논(議論)한다.

「문학적(文學的) 예술가(藝術家)는 반드시 한 학자(學者)이어야 한다」 그리하야 「무엇보다도 그가 하고 시퍼 하는 것에 잇서서 마음 속에 학자(學者)나 학자적(學者的) 양심(良心)을 가질」 뿐 아니라 「문학(文學)에 잇서서 만흔 경험(經驗)을 가지고 단편적(斷片的)이고 진부(陳腐)한 인유(引喩)에 애호(愛好)를 가지지 안는 학자(學者)」 중(中)에서 그의 독자(讀者)를 선택(選擇)할 것이다.

문학적(文學的) 예술가(藝術家)는 또한 단어(單語)를 사랑하지 안흐면 안 된다. 그는 단어(單語)의 어원(語原)과 가장 순수(純粹)한 의미(意味)를 연구(研究)하지 안흐면 아니 된다. 그는 「그 속에서 모-든 단어(單語)가 그의 최고도(最高度)의 표현(表現)을 발견(發見)하는 분위기(雰圍氣)의 가치(價値)에 민감(敏感)하여야 할 뿐 아니라 각(各)단어(單語)에서 그의 여러 가지의 연상(聯想)을 축출(逐出)하여야 한다」 (문체론(文體論)).

인생(人生)의 모-든 딴 사실(事實)에 잇서서와 가티 문학(文學)에 잇서서도 자제(自制)와 수단(手段)의 숙련(熟練)함은 그 자신(自身)의 미(美)를 가지고 잇다. 그리하야 고급(高級)한 독자(讀者)는 「한 단어

(單語)를 가장 만히 활용(活用)시기는 문체(文體)의 긴밀성(緊密性)에서 정확(正確)한 부조(浮彫)와 가튼 모-든 문장(文章)에서 오는 정밀성(精密性)에서 언어(言語)로부터 사상(思想)에의 정연(整然)한 표현(表現)에서 언제나 유쾌(愉快)한 감정(感情)과 논리적(論理的)인 심미적(審美的) 만족(滿足)」을 발견(發見)할 것이다.

이리하야 페이터는 쉴러의 「예술가(藝術家)는 그가 생략(省略)하는 것에 의(依)하야 알 수가 잇다」라고 한 말을 그대로 용인(容認)한다.

「진실(眞實)로 예술(藝術)은 눈에 뵈이지 안는 진애(塵埃)의 최후(最後)의 미점(微點)까지 불어 업새는 보석(寶石) 조탁자(彫琢者)의 최후(最後)의 완성(完成)에서부터 「미켈안젤로」에 의(依)하면 대리석(大理石)의 조제(粗製)한 덩어리의 어대인지 누어 잇는 완성(完成)한 작품(作品)의 예견(豫見)에 이르기까지 과잉(過剩)을 제거(除去)함에 잇다」(同上).

문체(文體)에 잇서서 가장 중요(重要)한 것은 고안(考案)이다. 문학적(文學的) 건축(建築)은 만일(萬一)에 그것이 풍요(豊饒)하고 표현적(表現的)일 때는 시초(始初) 속에 종말(終末)에 대(對)한 예견(豫見)을 포함(包含)하고 잇슬 뿐 아니라 수행(遂行)의 과정(過程)에 잇서서 만흔 불규칙(不規則)과 경이(驚異)와 회상(回想)과 함께 구상(構想)의 발전(發展)과 생장(生長)을 포함(包含)하고 잇다. 우연(偶然)한 것이 필요(必要)한 것과 한 가지 전체(全體)의 통일(統一)미테 압복(壓服)되여 잇다.

문학예술(文學藝術)은 모-든 예술(藝術) 중(中)에서 추상적(抽象的) 지성(知性)과 가장 밀접(密接)한 관계(關係)를 가지고 잇기 때문에 그는 언제나 논리(論理)와 이해적(理解的) 이성(理性)을 즉(卽) 통찰(洞察)과 선견(先見)과 반성(反省)을 요구(要求)한다.

논리적(論理的) 연락(聯絡)은 단지(單只) 전체(全體)로써의 문장(文

章)의에만 잇는 것이 아니라 그것이 결(決)코 간섭(干涉)하지 안코 문장(文章)의 건축(建築) 중(中)에서 만흔 변화(變化)를 묘사(描寫)할 때 단일(單一)한 단어(單語)의 선택(選擇)에도 잇다. 그럼으로 소설(小說)이나 강담(講談)을 재독(再讀)할 때에 우리는 초독(初讀)할 때보다도 더 만흔 흥미(興味)를 발견(發見)한다.

예술가(藝術家) 아닌 위대(偉大)한 작가(作家)의 예(例)가 잇다. 그리고 우리가 그 속에서 유쾌(愉快)히 의식적(意識的) 예술(藝術)의 만흔 노력(努力)을 발견(發見)할 수 잇는 작품(作品)을 때로 산출(産出)시기는 무의식적(無意識的) 재능(才能)의 예(例)가 잇다. 그러나 진정(眞正)하고 선량(善良)한 산문문학(散文文學)의 최대(最大)의 깃뿜의 하나는 우리가 그를 읽을 때 그 의식적(意識的) 예술적(藝術的) 구조(構造)와 그에 대(對)한 창일(漲溢)한 의식(意識)을 추적(追跡)함에 잇다. 그리고 시적(詩的) 문학(文學)에 잇서서도 또한 그러타. 그는 여기서 추상(推想)된 종류(種類)의 구조적(構造的) 지성(知性)은 상상(想像)의 형식(形式)의 하나이기 때문이다.

페이터는 이 사실(事實)을 문체(文體)에 잇서서의 심(心)의 독특(獨特)한 기능(機能)에 의(依)하야 설명(說明)한다. 그의 의사(意思)에 의(依)하면 문학적(文學的) 예술가(藝術家)는 심(心)에 의(依)하야 그의 작품(作品) 속에 잇는 전연(全然) 논리적(論理的)인 의장(意匠)의 정시(靜時) 객관적(客觀的) 징후(徵候)를 통(通)하야 우리에게 호소(呼訴)한다.

그리고 또한 예술가(藝術家)는 영(靈)에 의(依)하야 부정(不定)한 동정(同情)과 일종(一種)의 직접적(直接的) 감촉(感觸)을 통(通)하야 우리에게 호소(呼訴)한다.

다시 말하면 심(心)은 언어(言語)를 선택(選擇)하고 그 선택(選擇)한 언어(言語)를 가지고 문장(文章)을 조성(組成)하는 문체(文體) 중에 잇는 지적(知的) 활동(活動)이요 영(靈)은 개성(個性)의 힘이요 문장(文章)에 미만(瀰漫)하여 잇는 분위기(雰圍氣)다. 이리하야 문체(文體)는 영(靈)과 심(心) 즉(卽) 개성(個性)의 힘과 지성(知性)의 활동(活動)으로써 성립(成立)한다.

페이터는 풀로이벨의 「한 사물(事物)을 표현(表現)하는 때는 꼭 한 길이 그를 말하는 데는 꼭 한 단어(單語)가 그를 수식(修飾)하는 데 꼭 한 형용사(形容詞)가 그것의 생기(生氣)를 붓는 데 꼭 한 동사(動詞)가 잇슬 뿐이라」는 말을 진리(眞理)로 인정(認定)하여 문체(文體)의 문제(問題)에 대하야 다시 다음과 가티 말하얏다.

「한 사물(事物)이나 한 사상(思想)을 표현(表現)하기 위(爲)하야는 무고(無故)한 단어(單語) 중(中)에서 꼭 한 단어(單語)이면 족(足)할 것이다. 문체(文體)의 문제(問題)는 곧 그곳에 잇다. 즉(則) 단일(單一)한 심적(心的) 표상(表象)과 내적(內的) 영상(影像)에 완전히 적당(適當)한 유일(唯一)한 단어(單語)와 구(句)와 장(章)과 절(節)이다」(문체론(文體論)).

　　　－『조선중앙일보(朝鮮中央日報)』 1935. 3. 30～1935. 4. 6.

제3장

김환태의 규슈대학 졸업논문

Matthew Arnold
and
Walter Pater
as Literary Critics

Matter and Form

Mr. Arnold treated mainly the matter of poetry and it is likely to be said that he didn't pay his attention to the literary form and technique. But it is a great mistake to think that he never paid his attention to it. He didn't content with saying only that poetry is a criticism of life, but added that poetry

Ⅰ. 졸업논문 번역본[1]

비평가로서의 매슈 아놀드와 월터 페이터

문학 비평은 대상의 문학적 의미와 심미적 효과를 탐구하기 위하여 그 대상을 실제로 있는 그대로 보기 위한 인간 정신의 투쟁이다.

즉 다시 말하면 문학적 의미와 다른 성질과의 혼동에 바탕하는 편견 없이, 문학 작품에 대한 인상을 얻고, 문학 작품에 의해 자극된 감동을 표현하고 나누는 것이 비평이 하는 일이다.

이에 비평가는 느낌을 받아들이고, 깊은 감동을 가지는 사람임에 틀림없다. 올바른 인상과 깊은 감동을 가지기를 원하는 사람이므로 그는 이런 것들을 가지기 위해서 서둘지 않으며 죽을 때까지 그리고 감동 받을 때까지 참고 기다린다.

그리하여 가장 위대한 비평가는 문학 작품들에 그의 법칙을 강요하지 않는다. 그 대신 문학 작품 자신의 본성의 법칙을 따른다. 그는 필연성 없이 법칙을 확대하지 않으며, 오직 좋은 시인과 산문 작가들의 솜씨로부터 뽑아낸 것들을 수용한다.

그는 실용적이고 논쟁적인 사고에서 초연하기를 갈망하며, 본래의 심미적 영역을 지키려고 애쓴다.

그리고 영국에서 최초로 이 같은 비평적 태도를 주장하고 실천한

---

1 본 번역본은 본 연구자가 김환태의 대학 졸업논문을 번역한 것임.

사람은 바로 매튜 아놀드(Matthew Arnold)이며, 그의 뒤를 이은 월터 페이터(Walter Pater)는 그의 이론을 완성하였다.

그래서 진정한 비평이 무엇인지를 이해하기 위해서는 아놀드 씨와 페이터 씨를 연구하는 것으로 충분하다.

아놀드 씨는 형식(form)보다는 내용(matter)을 말했으며, 반대로 페이터 씨는 내용보다는 형식을 더 중요시했다. 그러므로 이 두 사람을 함께 연구함으로써, 우리는 그들이 문학 작품을 비평하는 데에 있어서 주장하고 실천해 온 진정한 문학 비평을 더욱더 잘 이해할 수 있다.

매슈 아놀드(Matthew Arnold)

비평의 능력과 창조적 활동(critical power and creative activity)

'비평 능력은 창작 능력보다는 낮은 단계이다.' 그러나 아놀드 씨는 '현대에 있어서 비평의 기능'이라는 글에서 이러한 명제를 받아들이려면 명심해야 할 두 가지 사항을 주장하고 있다.

자유로운 창조적 활동인 창조적 능력의 실행은 인간의 가장 높은 기능임은 부인할 수 없다. 인간이 그 속에서 인간의 참된 행복을 발견하는 것으로도 알 수 있다.

그러나 인간은 문학이나 예술의 위대한 작품들을 생산하는 것 이외의 다른 방법으로도 이러한 자유로운 창조적 활동을 실행하는 감각을 가질 수 있다는 것도 또한 부인할 수 없다. 그들은 선행(善行)에서 그러한 감각을 가질 수 있고, 학습에서도 가질 수 있으며, 심지어 비평에서조차 그러한 감각을 가질 수 있다. 이것이 우리가 명심해야 할 것의 하나다.

또 다른 하나는 문학이나 혹은 예술의 위대한 작품의 생산에서 창조적 능력의 실행이, 아무리 그 실행이 높은 자리를 차지하더라도, 어떤 시대에나 어떤 조건 아래에서든 가능하다는 것은 아니라는 것이다. 그리하여 창조력 실행의 노력이 허사가 될 수도 있으며, 그 실행을 준비하는 데에, 그것을 표현하는 데에 더 많은 과실(fruit)이 이용될 수 있을지 모른다.

창조적 능력은 구성 요소와 재료를 가지고 작동하며, 만일 창조적 능력이 그러한 요소를 가지지 않으면, 그 창조력은 그것들(그 요소들)이 준비될 때까지 반드시 기다려야만 한다. 그리고 창조력이 작동하는 요소는 사상(ideas)이다. 즉, 문학의 걸작의 창조를 위해서는 창조적 문학 천재는 '어떤 지적 · 영적 분위기에 의하여, 사상의 어떤 체제에 의하여 행복하게 고취되지 않으면 안 된다.'(현대에 있어서 비평의 기능)

그러므로 창조적 능력이 자유롭게 작동하기 위해서는 분위기를 가져야 하며, 사상의 체제 가운데에서 그 자신을 찾아야만 한다. 창작력은 그 자신의 통제 하에 있지는 않다. 그것들은 비평력의 통제 속에 있는 것이다. 창조적 활동의 행복한 실행을 위해 '창조력이 그 스스로 유용하게 이용할 수 있는 지적 상황을 만들고 관념의 체제를 확립하는 것'이 비평력이 하는 일이다.(현대에 있어서 비평의 기능)

현재 이 새로운 사상은 사회 속에 침투하고 있으며, 그리고 모든 곳에서 자극과 성장이 일어나고 있다. 이러한 자극과 성장으로부터 문학의 창조적인 신기원이 도래하고 있다.

비평의 법칙(The rule of Criticism)

이에 아놀드 씨는 우리들이 비평의 과정에서 지켜야할 법칙을 정리하여 그 법칙을 한 마디로 몰이해적(沒利害的) 관심이라는 말로 요약하였다. '비평이 어떻게 몰이해적 관심을 드러내는가'에 대한 자문에 답하여, 그는 대답하기를 '소위 "사물의 실제적인 관점"으로부터 초연함으로써, 그리고 사물 자체의 본성의 법칙을 철저히 따름으로써, 마음이 닿는 모든 주제에 대하여 자유로운 마음의 유희를 얻는 것이다.'(현대에 있어서 비평의 기능)

그리고 '비평이 하는 일은 세상에 알려지고 생각되어지는 최상의 것을 다만 알고 다음에는 이것을 세상에 알림으로써 진실되고 참신한 사상의 흐름을 창조하는 것이다. 비평의 할 일은 확고한 정직성과 정당한 능력을 가지고 이 창조의 일을 하는 것이지 그 이상의 일을 하는 데 있지 않으며 실용적 결과와 적용에 대한 모든 문제는 내버려두게 된다.'(현대에 있어서 비평의 기능)

'진실하고, 참신한 사상의 흐름을 창조하기' 위하여 '비평은 순수한 지적인 영역을 유지해야 하며', '실제로부터 분리되어야' 하며, '직접적으로 논전적이거나 논쟁을 일삼아서는' 안 된다.

진정한 비평은 인간을 완전성으로 유도하기 위해, 그의 마음을 본질적으로 탁월한 것과 절대적 미와 사물의 적합성에 유의하게 함으로써, 인간을 지체되고 천박한 자기 만족으로부터 벗어나게 한다. 그러나 논쟁적인 '실용적 비평은 사람들로 하여금 그들의 실천의 이상적 불완전성에조차 맹목적이게 하며 그 실천이 공격받는 것을 방어하기 위해 그들로 하여금 그것의 이상적 완전성을 기꺼이 주장하도록 한다.'(현대에 있어서 비평의 기능)

사물을 있는 그대로 보려는 가장 훌륭한 비평가는 그 스스로 아주 작은 집단의 일원임을 알게 될 것이다. '그러나 정당한 사상이 전적으로 유포될 수 있는 것은 오직 절대적으로 그 자신의 역할을 하는 이 작은 집단에 의해서인 것이다. 실생활의 돌진과 포효는 가장 많이 모인 구경꾼에 대해 항상 몰입적이고 매력적인 감정을 가질 것이며, 그를 그 삶의 소용돌이에 끌어들이는 경향이 있다. '그러나 실용적인 비평가가 실용적인 인간에게 어떤 봉사를 할 수 있는 것은 오직 나머지 모여 있는 사람들에 의해서 실용적인 인간의 관점에 이바지하기를 거부함으로써만 가능하다. 그리고 그 자신의 과정을 추구함에 있어서 가장 위대한 성실성을 보임으로써, 그리고 그가 성실성의 실용적인 인간이기조차 하다는 것을 최종적으로 확인시킴으로써만 오직 그는 그를 영원히 위협하는 오해로부터 벗어날 수 있다.'(현대에 있어서 비평의 기능)

다시 말하면 '비평은 실용적 정신과 목적으로부터 독립성을 유지하지 않으면 안 된다. 실용적 정신에 대한 선의의 노력이라도, 만일 이상적 영역에서 그것들이 힘을 잃거나 한계를 나타낸다면, 비평은 불만을 표시하지 않으면 안 된다. 비평은 그것의 실용적인 중요성 때문에 목표를 향하여 서두르려 해서는 안 된다. 비평은 인내성이 있어야 하며, 기다리는 방법도 알아야 하며, 유연성도 있어야 하며, 그 자체를 대상에 귀속시킬 줄도 알아야 하며 대상으로부터 물러서는 방법도 알아야 한다.

비평은 정신적 완전성의 충만이 요구되는 요소를 연구하고 찬양하는 성향이 있다. 비록 그 요소가 실용적 영역에서 해로울 수 있는 어떤 능력에 속할지라도 말이다. 비평은 정신적 결점과 실용적 영역에서 유익할 수 있는 능력의 착각(illusions)을 구별해야 한다. 그리고 실용적 영역에서 호의적이거나 미심쩍은 개념 없이 비평은 하나의 능력이나 혹은 다른 하나의 능력이다. 그리고 한편 끝까지 싸운다는 개념이 아니라 이 영역에서 비평은 다른 능력에 반대하는 다른 하나의 능력이다.'(현대에 있어서 비평의 기능)

역사적 평가와 개인적 평가

"끊임없이 문학작품을 읽으면서 최상의 작품을 위한 감각, 정말로 우수하고, 작품으로부터 이끌어내어지는 힘과 기쁨에 대한 감각이 우리 마음 속에 나타나서, 우리가 읽는 것에 대한 평가를 지배해야 한다.

그러나 이와 같은 진정한 평가인, 유일하고 진실한 평가는, 만일 우리들이 주의하지 않으면, 두 개의 그릇된 평가인 역사적인 평가와 개인적 평가에 의하여 자칫하면 대체되기 쉽다."(시의 연구)

어떤 작가 혹은 어떤 시는 역사적으로 우리에게 가치가 있을 수 있으며, 진정으로 우리에게 가치 있을 수 있다. 한 민족의 언어나 사상, 시의 발전 과정은 대단히 흥미롭다. 어떤 시인의 작품을 이러한 발전 과정의 한 단계로 간주함으로써 우리는 그 시 자체의 본 모습보다는 시로서 더욱 중요한 의미를 부여하기가 쉬우며, 시를 비평하는 데 있어서 매우 과장된 칭찬의 말을 하여, 그 시를 과대평가할 수 있다. 그러므로 우리의 문학적 판단에서 아놀드 씨가 역사적 평가라고 부르는 평가에서 기인된 오류가 일어나게 되는 것이다.

그리고 또, 어떤 작가 혹은 시는 개인적인 이유로 우리에게 가치가 있을 수 있다. 친밀성과 선호도와 환경은 이러저러한 문학 작품에 대한 평가에 큰 힘을 가지며, 그래서 그 문학 작품이 현재나 지금까지 우리에게 아주 중요해 왔기 때문에 문학 작품이 실제로 가지고 있는 것보다도 더 중요성을 부여하도록 한다. 이에 또한, 우리는 우리의 관심의 대상이 되는 그 작품을 과대평가하며, 매우 과장된 칭찬의 언어를 그 작품에 적용한다. 그리하여 우리는 아놀드 씨가 개인적 평가라고 부르는 평가에 의해 기인된 두 번째 오류의 원천을 얻게 된다.

그리고 '역사적 평가는 우리가 고대 시인들을 다룰 때에 우리의 판단과 우리 언어에 특별히 영향을 미치기 쉽고 개인적 평가는 우리가

동시대의 시인들, 어쨌든 현대의 시인들을 다룰 때에 특히 영향을 미친다.'(시의 연구)

시(Poetry)

아놀드 씨는 '워즈워드론'에서 '그러므로 이러한 것을 확신하는 것이 중요하다. 시는 근본적으로 인생의 비평이며, 시인의 위대성은 인생에 대하여, 즉 어떻게 살 것인가라는 문제에 대하여, 사상의 강력하고 아름다운 적용에 있다.'라고 말했다.

또한 '바이런론'에서도 되풀이하여 '문학의 목적은, 그것을 주의깊게 생각한다면, 오직 인생에 대한 비평일 뿐'이라고 말했다.

그러면 인생의 비평을 구성하는 것은 무엇인가? 같은 글에서 그는 이 물음에 답한다. '최상의 시인들에게서 나타나듯이 내용과 제재의 성실성과 진지성, 어법과 방법의 적절성과 완전성이 시적 진실과 미의 법칙에 일치되는 인생의 비평을 구성하는 것이다.'

시는 인생에 대한 비평으로서, 시적 진실과 미의 법칙에 의한 그러한 비평으로 자리매김된 조건하에서의 인생의 비평으로서, 시에서 지지를 얻을 수 있다.

그러나 위로와 지지는 인생의 비평의 힘에 비례하여 강력해진다. 그리고 인생의 비평은 그것을 전달하는 시가 열등하기보다는 뛰어날 때, 불건전하거나 절반쯤 건전하기보다는 건전할 때, 진실하지 않거나 반쯤 진실하기보다는 진실할 때, 그것과 비례하여 강력해진다.

최상의 시는 우리를 단련시키며, 지탱해 주며, 기쁘게 해 주는 힘이 있으며, 시에 있어서 최상의 것에 대한 더 맑고 심오한 감각과 그 시로부터 이끌어내어지는 힘과 기쁨의 감각은 시로부터 우리가 얻을 수 있는 가장 귀중한 혜택이다.

시와 과학(Poetry and Science)

시는 과학과 마찬가지로 사고한다. '그러나 그것은 정서적으로 사고한다. 그러므로 시는 과학과는 다르며, 우리에게 더욱 의지가 되는 것이다. 시는 사상을 준다. 그러나 그것은 아름다움으로 감동받고 정서에 의해 고양된 사상을 준다. 이것은 우리에게 해석적이며, 우리를 만족시켜 준다고 우리가 느끼는 것이며, 미와 정서가 부여된 사고이다.'('역사 속의 백 명의 가장 위대한 인물들'에 대한 서문)

과학은 정서적으로 사고하지 않는다. '과학은 사고에 사고를 덧붙이며, 그것이 미와 정서에 접촉될 때까지는 결코 완성되지 않을 종합의 요소를 축적한다. 그리고 과학이 미와 정서에 접촉될 때, 그것은 시인의 형상화하는 손이 접촉된 것이다. 그러므로 과학을 추종하는 사람이 완전한 사람일수록, 우리의 본성이 항상 소망하는 만족감을 주는 것으로서의 시의 상쾌함을 더욱더 느끼는 사람이 된다. 그러나 그의 과학은 그에게 그것을 결코 주지 못한다.'('역사 속의 백 명의 가장 위대한 인물들'에 대한 서문)

시와 철학(Poetry and Philosophy)

워즈워드가 멋지고도 정확하게 말한 바와 같이 시는 '지식의 호흡이며, 그것의 정묘한 정신'이다.

그러나 지혜에 대한 사랑이며 인과와 유한하고 무한한 존재에 대한 추론을 탐구하는 철학은, 단지 '지식의 그림자이며 환몽이며 잘못된 허식이다.'(시의 연구)

그러므로 종합적 사고의 건축인 철학은 그것들의 기억을 불러내는 것이 인간의 실패를 검열 받는 것이나 다름 없을 만큼 허약한 것이

다.' ('역사 속의 백 명의 가장 위대한 인물들'에 대한 서문)

시와 종교(Poetry and Religion)

정서와 접촉된 도덕으로서의 종교의 지배는 진실로 불멸의 것이다. 그러나 어떤 상상의 사실의 역사성에 의존하며, 어떤 공인된 교의의 정당성에 의존하고 있는 종교는 불변적인 안정성을 확보할 수 없다. 왜냐하면 '해체의 위협을 받지 않는 교리는 없으며, 흔들리지 않는 전통도 없고, 의심받지 않는 역사적 성격을 가진 사실도 없기 때문이다.'

'그러나 시에서는 사상이 전부이며, 그 나머지는 신성의 환상인, 환영의 세계이다. 시는 시적 정서를 사상에 부여하며, 사상이 곧 사실이다. 우리 종교의 가장 강한 부분은 그 종교의 무의식적인 시다.'('역사 속의 백 명의 가장 위대한 인물들'에 대한 서문)

그리고 시의 미래는 무한하다. 왜냐하면 시가 그것의 고결한 운명에 합당한 의식적인 시에서, 우리는 언제나 더더욱 확실한 안정감을 발견할 수 있기 때문이다.

시와 도덕(Poetry and Morals)

'도덕은 흔히 편협하고 거짓된 양식으로 취급된다. 도덕은 그 시대적 사고와 신념의 체계에 속박되어 있다. 도덕은 현학자와 직업적인 장사꾼의 수중에 들어가 있다. 그리고 도덕은 어떤 사람에게는 성가신 일이 되기도 한다.'(워즈워드론)

그래서, 우리는 도덕에 반항하는 시에조차 가끔 매력을 느끼며, 오마 케이엄의 말 : '사원에서 낭비한 시간을 술집에서 보충하자'라는 표어를 취하는 시에서 매력을 느끼기도 한다. 혹은 우리는 내용이 어떠하든지 형식이 잘 고안되고 정교한 시에서 매력을 발견한다.

그러나 그러한 시들이 가장 좋은 시는 아니다. 시의 가치는 인간성의 표현에 달려 있는 것이다.

'도덕적 사상에 반항하는 시는 <u>인생</u>에 반항하는 시이다. 즉 도덕적 사상에 무관심한 시는 <u>인생</u>에 무관심한 시다.'(워즈워드론)

<u>어떻게 살아야 하는가?</u> 라는 질문은 그 자체가 도덕적 사상이며, 모든 사람이 관심을 가지는 문제며, 어떤 면에서든지 영원히 사로잡혀 있는 문제다. 이 경우에 도덕이란 말에 큰 의미가 주어지지 않으면 안 된다.

이러한 넓은 의미에서 도덕적 사상에 대한 강력하고 심원한 취급은 가장 좋은 시를 구별하는 것이다. 만일 가장 위대한 시인을 구별하는 것이 인생에 대한 시인의 강력하고 심원한 사상의 적용이라면, 물론 어떠한 훌륭한 비평가도 이 점을 부인하지 않겠지만, 사상이란 말에 도덕이란 말을 첨가한다고 해도 거의 아무런 차이도 생기지 않을 것이다. '왜냐하면 인간의 삶 자체가 아주 우세한 정도로 도덕적이기 때문이다.'(워즈워드론)

시의 주제(The Subjects of Poetry)

모든 국가 어느 시대를 막론하고, 시의 영원한 주제는 행위이다. 즉 그 자신들 속에 고유의 관심을 가지고 있으며, 시인의 기술에 의하여 재미있는 방법으로 전달되어야 하는 인간의 행위이다.(1853년에 출판된 '시집'의 서문)

시인은 자신의 권능 안에 모든 것을 소유하고 있다고 헛되이 생각할 것이다. 그리고 시인은 자신의 표현에 의해 본질적으로 저열한 행위를 더욱 훌륭한 행위로 똑같이 매혹적으로 만들 수 있다고 생각할 것이다. 그는 진실로 우리에게 그의 기술을 찬양하도록 강요할 것이다. 그러나 그의 작품은 그 자체 속에 불치의 결점을 소유할 것이다.

그러므로 시인은 우선 훌륭한 행위를 선택하지 않으면 안 된다.(1853년에 출판된 '시집' 서문)

그러면, 무슨 행위가 가장 훌륭한 것인가?

'확실히 위대하고 근본적인 인간의 감정에 가장 강력하게 호소하는 행위다. 시간의 흐름 속에서 영원히 존속하며, 시간으로부터 독립된 기본적으로 그러한 인간의 감정에 호소하는 행위인 것이다.'(ibid.)

이러한 감정은 영원하고 동일하며, 그러한 감정들에 관계하는 것 역시 영원하고 동일하다.

그러므로 어떤 행위가 새롭다거나 낡았다고 하는 것은 시적 재현과는 아무 상관이 없다. 이것은 그것의 고유의 특질에 달려 있는 것이다. 우리들 본성의 기본적인 부분에, 우리들의 열정에게, 위대하고 열정적인 것은 영원히 흥미있는 것이고, 위대함과 열정에 비례하여서만 흥미있는 것이다.

수천 년 전의 위대한 인간의 행위는 오늘날 평범한 인간의 행위보다 더 재미가 있다. 이 후자의 재현에 비록 가장 완전한 솜씨가 쓰여지고, 그것이 비록 현대의 언어와, 친근한 풍습과, 같은 시대의 암시에 의하여, 우리의 모든 일시적 감정과 관심에 호소하는 유리함을 가지고 있다고 해도 그렇다. 그러나 이러한 것들이 그들을 만족시킬만한 시적 작품을 요구할 아무런 권리도 없다. 그들의 주장은 다른 곳으로 향해져야 한다.

아놀드 씨는 엄숙하게 외친다. '시적 작품'은 '우리의 영원한 열정의 영역에 속한다. 그들을 이러한 열정에 관심 갖게 하라. 그러면 그들에 대한 모든 종속적 요구의 목소리는 즉시 침묵하고 만다.'(1853년

그리스 시인과 현대 시인(The Greek Poet and the Modern Poet)

한 행위의 시기는 아무런 의미가 없다. 반면, 행위 그 자체, 그것의 선택과 구조, 이런 것이 가장 중요한 것이다. 그리스 시인들은 현대 시인보다 이것을 훨씬 분명하게 이해하고 있었다.

'그들의 시의 이론과 현대 시인의 시의 이론 사이의 근본적인 차이점은 이 점에 있는 것이다. 즉 그리스 시인에게는 행위 그 자체의 시적 성격과 행위의 각색이 첫 번째 고려 대상이었지만, 우리 시대에 있어서 주된 관심은 행위를 취급하는 데서 일어나는 개별의 사상(thought)과 영상의 가치에 주로 고정된다.

그들(그리스 시인들)은 전체를 고려하였다. 우리(현대시인들)는 부분을 본다. 그들에게 행위는 표현을 지배하였다. 반면에 우리에게는 표현이 행위를 지배한다. 그들(그리스 시인들)이 표현에 실패하였다거나 그것에 무관심했던 것은 결코 아니다. 반대로 그들은 표현의 최고의 모범이며, 대문체의 근접하기 어려운 거장들이다. 그러나 그들의 표현은 대단히 탁월하다. 왜냐하면 표현이 경탄할 정도로 적당한 정도에서 두드러짐을 유지하였기 때문이고, 그것이 매우 단순하고, 대단히 잘 통제되고 있으며, 그것이 전달하는 내용의 함축성으로부터, 직접적으로 그 힘을 이끌어 내었기 때문이다.'(1853년에 출판된 '시집'의 서문)

만일 현대 우리 작가들이 고대의 작가들을 연구한다면, 그들은 그들이 알아야 할 지극히 중요한 세 가지 것을 다른 어느 곳에서보다도 그들로부터 확실히 배울 것이다. 그 세 가지 일은 주제 선택이 무엇보다 중요하다는 것과 정확한 구성의 필요성이며, 표현의 종속적인 성격이다. 그들은 전체로서 취급된 위대한 행위에 의하여 남겨진 하나의 도덕적 인상의 효과가 가장 인상적인 하나의 사고나 가장 행복한 이미지에 의하여 생산되는 효과보다 얼마나 말할 수 없을 만큼 뛰어난 것인가를 배우게 될 것이다. 현대의 개별 작가가 위대한 고전 작품의 정신을 통찰함에 따라, 또한 그가 그것들의 집중된 의미와 고상한 단순성, 그리고 그것들의 잔잔한 정념(pathos)을 점차 알게 됨에 따라, 현대의 시인은 고대 시인이 목적한 것이 이러한 효과이며, 통일성이며 그리고 도덕적 인상의 심오함이라는 것을 확신하게 될 것이며, 그들의 작품의 장대함을 구성하고 그것들을 불멸케 하는 것이 바로 이것이라는 것을 확신하게 될 것이다. 현대 작가는 그와 똑같은 효과를 생산하기 위해서 그 자신의 노력의 방향을 정하려고 애쓸 것이다.

무엇보다도 그는 분리된 표현과 행위에 대한 언어에만 그들의 주의를 집중하고 행위 그 자체에는 주의하지 않는 현대 비평가들의 뜻을 알 수 없는 말로부터 스스로를 구원할 것이다. 그리고 그는 지나가는 시간의 정신에서 상상되어 그 덧없음과 함께하는 시 작품을 생산하는 위험에서 벗어날 것이다.

내용과 형식(Matter and Form)

아놀드 씨는 주로 시의 내용을 취급하였다. 그는 문학의 형식이나 기술에 주의를 기울이지 않았다고 말할 수 있을 것이다. 그러나 그가 그것에 전혀 관심을 갖지 않았다고 생각하는 것은 크게 잘못된 것이다. 그는 '시는 <u>인생의 비평</u>이다.'라고 말하는 것에만 만족하지는 않았고, '시는 시적 진실과 시의 미의 법칙에 따라 창작되지 않으면 안된다는 말을 덧붙였다. 제재와 내용의 진실성과 진지성, 어법과 양식의 적절성과 완전성은 시적 진실과 시적 미의 법칙에 따라 만들어진 인생의 비평을 구성하는 것이다.'(바이런론)

그리고 다시 '시의 연구'에서 그는 '최상의 시의 내용과 제재에서, 진실성과 진지성의 우월한 성격은 시의 문체와 양식을 만드는 어법과 태도의 우월함으로부터 분리될 수 없다.'라고 말했다. 이 두 가지 우월함은 밀접히 연관되어 있으며, 서로 확고한 균형을 유지하고 있다. 높은 시적 진실성과 진지성이 시인의 내용과 제재에 부족한 한 지금까지도 역시, 우리가 확신할 수 있듯이 어법과 태도의 높은 시적 특징은 시인의 문체와 양식에도 부족할 것이다. 다시 어법과 태도의 이러한 높은 특징이 시인의 문체와 양식으로부터 부재함에 비례하여 우리는 높은 시적 진설성과 진지성 또한 시인의 제재와 내용에서 부재한다는 것을 발견하게 될 것이다.

II. 졸업논문 현대 활자 교정본²

Mattew Arnold and Walter Pater as Literary Critics

---

2 이 글은 김환태의 졸업논문의 원본을 본 연구자가 현대 활자로 바꾼 것으로 원본의 철자가 틀린 부분은 교정하여 괄호 속에 표시하였다.

Preface

The criticism of literature is the strife of human soul to see the object as is itself it really is, in order to inquire into its literary meaning and aesthetic effect.

That is to say, having impression of the literary work without any prejudice which baces(bases 의 오기) upon the confusion of the literary meaning with the other quality, to express and impart the emotion excited by it, is the business of criticism.

Hereat, the critic should be capable of receiving impression and a man of deep movement. And wanting to have right impression and deep movement, he must not hurry to have these, but patient and wait until he is expired and affected.

The best critic, therefore, does not impose the rule upon the literary works, but follow the law of the literary works own nature; he does not multitude(multiply의 오기로 보임) rule without necessity: and only admits such as extracted from the practice of good poets and prose-writers.

He aspire to be kept out from the practical and polemical consideration and kept in the aesthetic sphere itself.

And he who asserted and practised(practiced의 오기) like this critical attitude first in England is Matthew Arnold, and succeeding to him Walter Pater completed his theory.

Therefore, in order to comprehend what is the real criticism, it is enough to study Mr. Arnold and Pater.

Mr. Arnold said about the matter more than the form, and on the contrary, Mr. Pater said about the form more than the matter. By studying them together, therefore, we can understand all the more the real criticism which they pleaded and practiced in criticising(criticizing의 오기) literary works.

MATTHEW ARNOLD

Critical Power and Creative Activity

'The Critical power is of lower rank than the creative,' But Mr. Arnold, in 'the Function of Criticism at Present Time,' asserts that two things are to be kept in mind in admitting this proposition.

It is undeniable that the exercise of a creative power, that a free creative activity, is the highest function of man; it is proved to be so by man's finding in it his true happiness.

But it is undeniable, also, that men may have the sense of exercising this free creative activity in other ways than in producing great works of literature or art.

They may have it in well-doing, they may have it in learning, that may have it even in criticising. This is one thing to be kept in mind.

Another is, that the exercise of the creative power in the production of great works of literature or art, however high this exercise of it may rank, is not at all epochs and under all conditions possible; and that therefore labour may be vainly spent in attempting it, which might with more fruit be used in preparing for it, in rendering it possible.

The creative power works with elements, with material. And if it has not those elements, it must surely wait till they are ready. And the elements with which the creative power works are ideas. That is, for the creation of a master work of literature, the creative literary genius must be 'happily inspired by a certain intellectual and spiritual atmosphere, by a certain order of ideas.' (The Function of Criticism at Present Time)

The creative power, therefore, must have the atmosphere, it must find itself amidst the order of ideas, in order to work freely; and there are not in its own control. They are more within the control of the critical power. And it is the bussiness(business의 오기) of the critical power, for the creative activity's happy exercise, 'to make an intellectual situation of which the creative power can profitably avail itself and to establish an order of idears(ideas의 오기)' (The Function of Criticism at Present Time)

Presently these new ideas reach society; and there is a stir and growth everywhere; out of this stir and growth come the creative epochs of literature.

The Rule of Criticism

Hereat, Mr. Arnold has cleared up the rule which we ought to keep in the course of criticism, and he summed up the rule in one word-disinterestedness. And asking to himself 'how is criticism to show disinterestedness,' he answered: - 'By keeping aloof from what is called "the practical view of thing"; by resolutely following the law of it's own nature, which is to be a free play of the mind on all subjects which it touches.' (The Function of Criticism at Present Time)

And 'its bussiness(business의 오기) is simply to know the best that is known and thought in the world, and by in its turn making this known, to create a current of true and fresh ideas. Its bussiness(business의 오기) is to do this with inflexible honesty, with due ability; but its bussiness(business의 오기) is to do no more, and to leave alone all questions of practical consequences and applications.' (The Function of Criticism at Present Time)

In order to 'create a current of true and fresh ideas,' 'criticism must be kept in the pure intellectual sphere,' 'detached itself from practice,' and must not be 'directly polemical and controversal (controversial의 오기).'

Real criticism keep man from a self-satisfaction which is retarding and vulgaring(vulgar의 오기), to lead him towards perfection, by making his mind dwell upon what is excellent in itself, and the absolute beauty and fitness of things. But the polemical 'practical criticism makes men blind even to the ideal imperfection of their practise(practice의 오기), makes them willingly assert its ideal perfection, in order the better to secure it against attack.' (The Function of Criticism at Present Time)

The best critic who sets himself to see things as they are will find himself one of a very small circle; but it is only by this small circle resolutely doing its own work that adequate ideas will ever get current at all. The rush and roar of practical life will alway(always의 오기) have a digging and attracting affect upon the most collected spectator, and tend to draw him into its vortex. 'But it is only by remaining collected, and refusing to lend himself to the point of view of the practical man, that the critic can do the practical man any service; and it is only by the greatest sincerity in pursuing his own course, and by at last convincing even the practical man of his sincerity, that he can escape misunderstandings which perpetually threaten them.' (The Function of Criticism at Present Time)

In other words. 'criticism must maintain its independence of the practical spirit and its aim. Even with well-meant efforts of the practical spirit it must express dissatisfaction if in the sphere of the ideal they seem impoverishing and limiting. It must not hurry on to the goal because of its practical importance. It must be pacient(patient의 오기), and know how to wait; and flexible, and know how to attach itself to things and how to withdraw from them.

It must be apt to study and praise elements that for the fullness of spiritual perfection are wanted, even thought they belong to a power which in the practical sphere may be malificient(malignant의 오기로 보임). It must be apt to discern the spiritual schortcomings (shortcomings의 오기) or illusions of powers that in the practical sphere may be benificient(beneficent의 오기). And this without any notion of favouring or inquiring, in the practical sphere, one power or the other; without any notion of playing off, in this sphere, one power against the other.' (The Function of Criticism at Present Time)

The Historical Estimate and the Personal Estimate

"Constantly in reading literary works, a sense for the best, the really excellent, and of the strength and joy to be drawn from them, should be present in our minds and should govern our estimate of what we read.

But this real estimate, the only true one, is liable to be superceded, if we are not watchful, by two other kinds of estimate, the historical estimate and the personal estimate, both of which are fallacious." (The Study of Poetry)

A writer or a poem may count to us historically, they may count to us really. The coarse(course의 오기) of development of a nation's language, thought, and poetry, is profoundly interesting; and by regarding a poet's work as a stage in this coarce(course의

159

오기) of development we may easily bring ourselves to make it of more importance as poetry than in itself it really is, we may come to use a langage of quite exaggerated praise in criticising(criticizing 의 오기) it; to overrate it. And then arises in our literary judgments the fallacy caused by the estimate which Mr. Arnold calls historic.

Then, again, a writer or a poem may count to us on grounds personal to ourselves. Our personal affinities, likings, and circumstances, have great power to estimate of this or that literary work, and to make us attach more importance to it as literary work than in itself it really poresses(posses의 오기로 보임), because to us it is, or has been, of high importance. Here, also, we overrate the object of our interest, and apply to it a language of praise which is quite exaggerated. And thus we get the soarce(source의 오기로 보임) of a second fallacy in our literary judgments ‑ the fallacy caused by an estimate which Mr. Arnold calls personal.

And 'the historical estimate is likely is especial to affect our judgment and our language when we are dealing with ancient poets; the personal estimate when we are dealing with poets our contemporaries, or at any rate modern.' (The Study of Poetry)

Poetry

Arnold said in 'Wordsworth': ‑ 'It is importance, therefore, to hold fast to this: that poetry is at bottom a criticism of life; that the greatness of a poet lies in his powerful and beautiful application of ideas to life, - to the question: How to live.'

And repeated in 'Byron' also: - 'The end and aim of literature is, if one considers it attentively, nothing but that: A criticism of life.'

Then, what constitute the criticism of life? He answers to this question in the same essay.

'Truth and seriousness of substance and matter, felicity and perfection of diction and manner, as these are exhibited in the best poets, are what constitute a criticism of life made in conformity with the laws of poetic truth and poetic beauty.'

In poetry, as a criticism of life under the conditions fixed for such a criticism by the laws of poetic truth and poetic beauty, we can find 'its consolation and stay.'

But the consolation and stay are of power in proportion to the power of criticism of life. And the criticism of life is of power in proportion as the poetry conveying it is excellent rather than inferior, sound rather than unsound or lalf(half의 오기) - sound, true rather than untrue or half-true.

The best poetry have a power of forming, sustaining, and delighting us, and nothing else can. A clearer, deeper sense of the best in poetry, and of the strength and joy to be drawn from it, is the most precious benefit which we can gather from poetry.

Poetry and Science

Poetry thinks as well as science. 'But it thinks emotionally, and herein it differs from science, and is more of a stay to us. Poetry gives the ideas, but it gives it touched with beauty, heightened by emotion. This is what we feel to be interpretative for us, to satisfy us - thought, but invested with beauty, with emotion.' (The Preface to 'the Hundred greatest Men of History')

Science does not thinks emotionally. 'It adds thought to thought, accumulates the elements of a synthesis which will never be complete until it is touched with beauty and emotion; and when it touched with these, it has felt the fashioning hand of the poet. So true is this, that the more the follower of science is a complete man, the more he will feel the refreshment of poetry as giving him a satisfaction which our nature is always desiring, but to which his science can never bring him.' (The Preface to 'the Hundred greatest Men of History')

Poetry and Philosophy

Poetry, as Wordsworth finely and truly called, is 'the breath and finer spirit of knowledge.'

But philosophy - the love of wisdom - pluming(plumbing의 오기) itself on its reasonings about causation and finite and infinite being, is only 'the shadow and dreams and false shows of knowledge.' (The Study of Poetry)

Therefore, 'the philosophies, the constructions of synthetic thought, are so prerishable(perishable의 오기인 듯) that to call up the momory of them is to pass in review man's failure.' (The Preface to 'the Hundred greatest Men of History')

Poetry and Religion

The reign of religion as morality touched with emotion is indeed indestructible. But religion depending on the historicalness of certain supposed facts, on the validity of certain accredited dogmas does not unalterably secure. Because there is 'not a dogma that does not threaten to disolve(dissolve의 오기), not a tradition that is not shaken, not a fact which has his historical character free from question.'

'But for poetry the idea is everything, the rest is its world of illusion, of divine illusion; it attaches its emotion to the idea, the idea is the fact. The strongest part of our religion is its unconscious poetry. (The Preface to 'the Hundred greatest Men of History')

And the future of poetry is immense, because in conscious poetry, where it is worthy of its high destiny, we can find an ever surer and surer stay.

Poerty and Morals

'Morals are often treated in a narrow and false fashion; they are bound up with systems of thought and belief which have had their day; they are fallen into the hands of pedant and professional dealers; they grow tiresome to some of us.' (Wordsworth)

Therefore, we find attraction, as times, even in a poetry of revolt against them; in a poetry which might take for its motto

Omar kheyam(khayyam의 오기로 보임)'s words; 'Let us make up in tavern for the time which we wasted in the mosque.' Or we find attractions in a poetry where the contents may be what they will but where the form is studied and exquisite.

But they are not the best poetry. The value of a poetry rest with the expression of humanity. 'A poetry of revolt against moral ideas is a poetry of revolt against Life; a poetry of indifference towards moral ideas is a poetry of indifference towards Life.' (Wordsworth)

The question, how to live, is in itself a moral idea; and it is the question which most interests every man, and with which in some way or other, he is perfetually(perpetually의 오기) occupied. In this case, a large sense is of coarce(course의 오기로 보임) to be given to the term moral.

The energetic and profound treatment of moral ideas, in this large sense, is what distinguishes the best poetry. If what distinguishes the greatest poets is their powerful and profound application of ideas to life, which surely no good critic will deny, then to prefix to the term ideas the term moral makes hardly any difference, 'because human life itself is in so proponderating(preponderating의 오기) a degree moral.' (Wordsworth)

The Subjects of Poetry

The eternal subjects of Poetry, among all nations and at all times, are actions; human actions; possesing(possessing의 오기) an inherent interest in themselves, and which are to be communicated

in an interesting manner by the art of the Poet' (<u>The Preface to</u>
<u>'Poems' published in 1853</u>)

Vainly will Poet imagine that he has everything in his own power: that he can make an intrinsically inferior action equally delightful with a more excellent one by his treatment of it: he may indeed compel us to admire his skill, but his work will posses(possess의 오기), within itself, an incurable defect.

'The Poet, then, has in the first place to select an excellent action.' (<u>The Preface to 'Poems' published in 1853</u>)

Then, what actions are the most excellent?

'Those, certainly, which most powerfully appeal to the great primary human affections: to those elementally feelings which subsist permannently(permanently의 오기) in the race, and which are independent of time(ibid).

These feelings are permanent and the same; that which interests them is permanent and the same also.

The moderness(modernness의 오기) or antiquity of an action, therefore, has nothing to do with its fitness for poetical representation; this depends upon its inherent qualities. To the elementary part of our nature, to our passions, that which is great and passionate is eternally interesting; and interesting solely in proportion to its greatness and to its passion.

A great human action of a thousand years ago is more interesting to it than a smaller human action today, even though upon the representation of this last the most consumate (consummate의 오기) skill may have been expended and though it has the advantage of appealing by its modern language, familiar manners, and contemporary allusions, to all our transient feelings and interest. These, however, have no right to demand of a poetical work that it shall satisfy them; their claims are to be directed elsewhere.

'Poetical works,' Mr. Arnold cries solemnly, 'belong to the domain of our permanent passions: let them interest these, and the voice of all subordinate claims upon them is at once silenced.' (The Preface to 'Poems' published in 1853)

The Greek Poet and the Modern Poet

The date of an action, then, signifies nothing: the action itself, its selection and construction, this is what is all-important. This the Greek Poets understood far more clearly than the Modern Poets.'

'The radical difference between their poetical theory and ours consist in this: that, with them, the poetical character of the action in itself, and conduct of it, was the first consideration; with us, attention is fixed mainly on the value of the separate thoughts and images which occur in the treatment of an action.

They regarded the whole; we regard the parts. With them, the action predominated over the expression of it; with us, the expression over the action. Not that they failed in expression, or were inattentive to it; on the contrary, they are the highest models of expression, the unapproached(unapproachable의 오기로 보임) masters of the <u>Grand Style</u>: but their expression is so excellent because it is so admirably kept in its right degree of prominence; because it is so simple and so well subordinated, because it draws its force directly from the pregnancy of the matter it conveys.' (The Preface to 'Poems' published in 1853)

If our modern writers, then, study of the ancients, they may certainly learn from them, better than anywhere else, three things which it is vitally important for them to know:—the all-importance of the choice of subject; the necessity of accurate construction; and the subordinate character of expression. They will learn from them how unspeakably superior is the effect of the one moral impression left by a great action treated as a whole, to the effect produced by the most striking single thought or by the happiest image. As the modern individual writer penetrates into the spirit of the great classical works, as he becomes gradually aware of their intense significance, their noble simplicity, and their calm pathos, he will be convinced that it is this effect, unity and profoundness of moral impression, at which the ancient Poets aimed; that it is this which constitutes the grandeur of their works, and which makes them immortal. He will desire to direct his own efforts towards producing the same effect.

Above all he will deliver himself from the jargon of the modern critics who 'direct their attention merely to detached expression, to the language about the action, not to the action itself,' and will escape the danger of producing poetical works conceived in the spirit of the passing time, and which partake its transitoriness.

Matter and Form

Mr. Arnold treated mainly the matter of poetry and it is likely to be said that he didn't pay his attention to the literary form and technique. But it is a great mistake to think that he never paid his attention to it. He didn't content with saying only that poetry is 'a criticism of life,' but added that 'poetry has to be made conformity to the laws of poetic truth and poetic beauty. Truth and seriousness of substance and matter, felicity and perfection of diction and manner, are what constitute a criticism of life made in conformity with the laws of poetic truth and poetic beauty.' (Byron)

And, again, he said in 'the Study of Poetry':―'The superior character of truth and seriousness, in the matter and substance of the best poetry, is in separable(inseparable의 오기) from the superiority of diction and movement making(marking의 오기) its style and manner. The two superities(superiorities의 오기) are closely related, and are in steadfast proportion one to the other. So far as high poetic truth and seriousness are wanting to a poet's matter and substance, so far also, we may be sure, will a high poetic stamp of diction and movement be wanting to his style and manner. In proportion as this high stamp of diction and movement, again, is absent from a poet's style and manner, we shall find, also, that high poetic truth and seriousness are absent from his substance and matter.

Ⅲ. 졸업논문 원본

Preface

The criticism of literature is the strife of human soul 'to see the object as in 'itself it really is,' in order to inquire into its literary meaning and aesthetic effect.

That is to say, having impression of the literary work without any prejudice which bases upon the confusion of the literary meaning with the other quality, to express and impart the emotion excited by it, is the business of criticism.

Hereat, the critic should be capable of receiving impression and a man of deep movement. And wanting to have right impression and deep movement, he must not hurry to have them, but patient and wait until he is expired and

171

affected.

The best critic, therefore, does not impose the rule upon the literary works, but follow the law of the literary works own nature; he does not multitude rules without necessity: and only admits such as extracted from the practice of good poets and prose-writers.

He aspire to be kept out from the practical and polemical consideration and kept in the aesthetic sphere itself.

~~had he who asserted~~ and practiced like this critical attitude first in England is Matthew Arnold, and succeeding to him Walter Pater completed his theory.

Therefore, in order to comprehend what is the real criticism, it is enough to study Mr. Arnold and Pater.

Mr. Arnold said about the matter more than the form, and on the contrary, Mr. Pater said about the form more than the matter. By studing them together, therefore, we can understand all the more the real criticism which they pleaded and practised in criticising literary works.

Matthew Arnold

Critical Power and Creative Activity.

'The critical power is of lower rank than the creative.' But Mr. Arnold, in 'the Function of Criticism at Present Time', asserts that two things are to be kept in mind in admitting this proposition.

It is undeniable that the exercise of a creative power, that a free creative activity, is the highest function of man; it is proved to be so by man's finding in it his true happiness.

But it is undeniable, also, that men may have the sense of exercising this free creative activity in other ways than in producing great works of literature or art.

They may have it in well-doing, they may have it in learning, they may have it even in criticising. This is one thing to be kept in mind.

Another is, that the exercise of the creative power in the production of great works of literature or art, however high this exercise of it may rank, is not at all epochs and under all conditions possible; and that therefore labour may be vainly spent in attempting it, which might with more fruit be used in preparing for it, in rendering it possible.

The creative power works with elements, with materials. And if it has not those elements, it must surely wait till they are ready. And the elements with which the creative power works are ideas. That is, for the

the creation of a master work of lite-
rature; the creative literary genius
must be 'happily inspired by a
certain intellectual and spiritual
atmosphere, by a certain order of
ideas.' (The function of Criticism at Present
Time)

The creative power, therefore,
must have the atmosphere; it
must find itself amidst the order
of ideas, in order to work freely;
and these are not in its own control.
They are more within the control of
the critical power.   And it is the
bussiness of the critical power, for
the creative activity's happy exercise,
'to make an intellectual situation
of which the creative power can
profitably avail itself and to
establish an order of ideas.'
(The function of criticism as Present Time)
Presently these new ideas reach

society; and there is a stir and growth everywhere; out of this stir and growth come the creative epochs of literature.

The Rule of Criticism

~~hereat~~ Mr. Arnold has cleared up the rule which we ought to keep in the course of criticism, and he summed up the rule in one word — disinterestedness. And asking to himself 'how is criticism to show disinterestedness', he answered :— "By keeping aloof from what is called "the practical view of thing"; by resolutely following the law of its own nature, which is to be a free play of the mind on all subjects which it touches'. (The Function of Criticism at Present Time)

And its bussiness is simply

177

to know the best that is known and
thought in the world, and by in its
turn making the known, to create
a current of true and fresh ideas.
Its bussiness is to do this with inflexible
honesty, with due ability; but its
bussiness is to do no more, and to
leave alone all questions of
practical consequences and appli-
cations.' (The function of Criticism at Pre-
sent Time)

In order to 'create a current of
true and fresh ideas,' 'criticism
must be kept in the pure intellectu
al sphere,' 'detached itself from
practice,' and must not be 'directly
polemical and controversal.'

Real Real criticism keep man
from a self-satisfaction which is
retarding and vulgaring, to
lead him towards perfection,
by making his mind dwell upon

what is excellent in itself, and the
absolute beauty and fitness of
things.   But the polemical practical
tical criticism makes men blind
even to the ideal imperfection imper-
fection of their practise, makes
them willingly assert its ideal
perfection, in order the better,
to secure it against attack.'
(The function of criticism at Present
Time.)
        The best critic who sets himself
to see things as they are will find
himself one of a very small circle;
but it is only by this small circle
resolutely doing its own work that
adequate ideas will ever get
current at all. The rush and
roar of practical life will
always have a dizzing and
attracting effect upon the most
collected spectator, and tend

179

to draw him into its vortex. 'But it is
only by remaining collected, and refusing
to lend himself to the point of view of
the practical man, that the critic can
do the practical man any service; and
it is only by the greatest sincerity in
pursuing his own course, and by at
last convincing even the practical man
of his sincerity, that he can escape
misunderstandings which perpetually
threaten them.' (The Function of Criticism
at Present Time)

In other words, 'criticism must
maintain its independence of the prac-
tical spirit and its aim. Even with
well-meant efforts of the practical
spirit it must express dissatisfaction
if in the sphere of the ideal they
seem impoverishing and limiting.
It must not hurry on to the goal
because of its practical importa.
It must be pacient, and know

how to wait; and flexible, and
know how to attach itself to things
and how to withdraw from them.
It must be apt to study and
praise elements that for the ful-
ness of spiritual perfection are wanted, even
though they belong to a power which
in the practical sphere may be
malificient. It must be apt to
discern the spiritual shortcomings
or illusions of powers that in the
practical sphere may be benificient.
And this without any notion of fa-
vouring or injuring, in the practical
sphere, one power or the other;
without any notion of playing off,
in this sphere, one power against
the other. (The Function of Criticism at
Present Time)

The Historical Estimate and the Personal Estimate

"Constantly in reading literary works, a sense for the best, the really excellent, and of the strength and joy to be drawn from them, should be present in our minds and should govern our estimate of what we read.

X But this real estimate, the only true one, is liable to be superceded, if we are not watchful, by two other kinds of estimate, the historical estimate and the personal estimate, both of which are fallacious." (The Study of Poetry)

A writer or a poem may count to us historically; they may count to us really. The course of development of a nation's language, thought, and poetry, is profoundly interesting; and by regarding a poet's work as a stage in this

coarce of development we may easily
bring ourselves to make it of more
importance as poetry than in itself
it really is, we may come to use
a language of quite exaggerated
praise in criticising it ; to over-
rate it.   And then arises in our
literary judgments the fallacy caused
by the estimate which Mr. Arnold
calls historic.
          Then, again, a writer or a poem
may come to us on grounds per-
sonal to ourselves.   Our personal
affinities, likings, and circumstances,
have great power to estimate of
this or that literary work, and to
make us attach more importance
to it as literary work than in itself
it really posesses, because to us
it is, or has been, of high impor-
tance.   Here, also, we over-rate
the object of our interest, and apply

to it a language of praise which is quite
exaggerated. And thus we get the
source of a second fallacy in our
literary judgment — the fallacy
caused by an estimate which Mr. they call
Arnold calls personal.

And 'the historical estimate is like-
ly in especial to affect judgment
and our language when we are deal
ing with ancient poets; the personal
estimate when we are dealing with
poets our contemporaries, or at any
rate modern.' (The study of Poetry)

Poetry

Arnold said in 'Wordsworth':—
'It is importance, therefore, to hold
fast to this: that poetry is at bottom
a criticism of life; that the
greatness of a poet lies in his
powerful and beautiful appli-

cation of ideas to life, — to the question:
How to live.'

And repeated in 'Byron' also ! —
'The end and aim of literature is, if
one considers it attentively, nothing
but that : a criticism of life'.

Then, what constitute the criticism
of life ? He answers to this question
in the same essay.

'Truth and seriousness of substance
and matter, felicity and perfection
of diction and manner, as those are
exhibited in the best poets, are
what constitute a criticism of life
made in conformity with the laws
of poetic truth and poetic beauty'.

In poetry, as a criticism of life
under the conditions fixed for
such a criticism by the laws of poetic
truth and poetic beauty, we can
find 'its consolation and stay'.

But the consolation and stay

are of power in proportion to the power of criticism of life. And the criticism of life is of power in proportion as the poetry conveying it is excellent rather than inferior, sound rather than unsound or half-sound, true rather than untrue or half-true.

The best poetry have a power of forming, sustaining, and delighting us, as nothing else can. A clearer, deeper sense of the best in poetry, and of the strength and joy to be drawn from it, is the most precious benefit which we can gather from poetry.

Poetry and Science

Poetry thinks as well as science. But it thinks emotionally, and herein it differs from science, and is more of a stay to us.

Poetry gives the idea, but it gives it
touched with beauty, heightened
by emotion. This is what we
feel to be interpretative for us,
to satisfy as thought, but
invested with beauty, with emotion.
(The Preface to the Hundred greatest
Men of History.)

Science does not think emotion-
ally. It adds thought to thought,
accumulates the elements of a
synthesis which will never be
complete until it is touched with
beauty and emotion; and when
it touched with these, it has felt
the fashioning hand of the poet.
So true is this, that the more
the follower of science is a
complete man, the more he
will feel the refreshment of
poetry as giving him a satis-
faction which our nature is

always desiring, but to which his
science can never bring him.'
(The Preface to the Hundred Greatest
Men of History.)

Poetry and Philosophy

Poetry, as Wordsworth finely
and truly called, is 'the breath
and finer spirit of knowledge.'

But poetry philosophy — the
love of wisdom — pluming itself on
its reasonings about causation and
finite and infinite being, is only
'the shadow and dreams and
false shows of knowledge.' (The
Study of Poetry.)

Therefore, 'the philosophies,
the constructions of synthetic thought,
are so prerishable that to call up
the memory of them is to pass in
review man's failure.' (The Preface

to the Hundred Greatest Men of History')

Poetry and Religion

The reign of religion as morality touched with emotion is indeed indestructable. But religion depending on the historicalness of certain supposed facts, on the validity of certain accredited dogmas does not unalterably secure. Because there is not a dogma that does not threaten to dissolve, nor a tradition that is not shaken, nor a fact which has his historical character free from question.'

"But for poetry the idea is everything; the rest is its world of illusion, of divine illusion; it attaches its emotion to the idea, the idea is the fact. The strongest part of our religion is its unconscious poetry." (The Preface to the Hundred

Greatest Men of History')

And the future of poetry is immense, because in conscious poetry, where it is worthy of its high destiny, we can find an ever surer and surer stay.

Poetry and Morals

'Morals are often treated in a narrow and false fashion; they are bound up with systems of thought and belief which have had their day; they are fallen into the hands of pedant and professional dealers; they grow tiresome to some of us.' (Wordsworth)

Therefore, we find attraction, at times, even in a poetry of revolt against them; in a poetry which might take for its motto Omar Kheyam's words: 'Let us make up

in tavern for the time which we
wasted in the mosque.' Or we
find attractions in a poetry where
the contents may be what they will,
but where the form is studied and
exquisite.

But they are not the best poetry.
The value of a poetry rest with the
expression of humanity.

'A poetry of revolt against
moral ideas is a poetry of revolt
against _Life_; a poetry of indifference
towards moral ideas is a poetry of
indifference towards _Life_.' (Wordsworth)

The question, _how to live_, is in
itself a moral idea; and it is the
question which most interests every
man, and with which in some way
or other, he is perpetually occupied.
In this case, a large sense is of
coarce to be given to the term _moral_.
The energetic and profound

191

treatment of moral ideas, in this large sense, is what distinguishes the best poetry. If what distinguishes the greatest poets is their powerful and profound application of ideas to life, which surely no good critic will deny, then to prefix to the term ideas the term moral makes hardly any difference, ' because human life itself is in so proponderating a degree moral.' (Wordsworth)

The Subjects of Poetry

The eternal subjects of Poetry, among all nations and at all times, are actions; human actions; possebing an inherent interest in themselves, and which are to be communicated in an interesting manner by the art of the poet. ' (The Preface to the Poems' published in 1853.)

Vainly will the Poet imagine that
he has everything in his own power:
that he can make an intrinsically
inferior action equally delightful
with a more excellent one by his
treatment of it: he may indeed
~~compe~~ compel us to admire his
skill, but ~~his~~ work will possess,
within itself, an incurable defect.

'The Poet, then, has in the first
place, to select an excellent
action.' (The prefface to 'Poems' pu-
blished in 1853)

Then, what actions are the most
excellent?

'Those, certainly, which most
powerfully appeal to the great
primary human affections; to
those elementally feelings which
subsist permanently in the race,
and which are independent of
time (ibid.)

These feelings are permanent and the same; that which interests them is permanent and the same also.

The moderness or antiquity of an action, therefore, has nothing to do with its fitness for poetical representation; this depends upon its inherent qualities. To the elementary part of our nature, to our passions, that which is great and passionate is eternally interesting; and interesting solely in proportion to its greatness and to its passion.

A great human action of a thousand years ago is more interesting to it than a smaller human action today, even though upon the representation of this last the most consummate skill may have been expended, and though it has the advantage ∧appealing in its modern language, of familiar manners, and contemporary allusions, to

all our transient feelings and interest.
These, however, have no right to
demand of a poetical work that it
shall satisfy them; their claims are
to be directed elsewhere.

'Poetical works,' Mr. Arnold
cries solemnly, 'belong to the domain
of our permanent passions; let them
interest these, and the voice of all
subordinate claims upon them is at
once silenced.' (The preface to
'Poems' published in 1853.)

The Greek Poet and the Modern Poet

The date of an action, then, signifies
nothing; the action itself, its selection and
construction, this is what is all-important.
This the Greek Poets understood far
more clearly than the Modern Poets.

'The radical difference between
their poetical theory and ours

consist in this; that, with them, the
poetical character of the action in
itself, and conduct of it, was the
first consideration; with us, attention
is fixed mainly on the value of the
separate thoughts and images which
occur in the treatment of an action.
They regarded the whole; we
regard the parts. With them, the
action predominated over the ex-
pression of it; with us, the expression
over the action. Not that they
failed in expression, or were
inattentive to it; on the contrary,
they are the highest models of expre-
ssion, the unapproached masters
of the Grand Style; but their
expression is so excellent because
it is so admirably kept in its
right degree of prominence;
because it is so simple and so
well subordinated; because it

draws its force directly from the
pregnancy of the matter it conveys.
(The preface to 'Poems' published in 1853)
    If our writers, then, study of the
ancients, they may certainly learn
from them, better than anywhere
else, three things which it is
vitally important for them to know:—
the all-importance of the choice of
subject; the necessity of accurate
construction; and the subordinate
character of expression.   They will
learn from them how unspeakably
superior is the effect of the one
moral impression left by a great
action treated as a whole, to the
effect produced by the most striking
single thought or by the happiest
image.   As the modern indivi-
dual writer penetrates into the
spirit of the great classical works,
as he becomes gradually aware of

their intense significance, their
noble simplicity, and their calm
pathos, he will be convinced that
it is this effect, unity and profoundness
of moral impression, at which the
ancient Poets aimed; that it is
this which constitutes the grandeur
of their works, and which makes them
imortal immortal. He will
desire to direct his own efforts to
wards producing the same effect.
    Above all he will deliver him
self from the jargon of the modern
critics who 'direct their attention mere
ly to detached expressions, to the
language about the action, not to
the action itself,' and will escape
the danger of producing poetical
works conceived in the spirit of
the passing time, and which par
take its transitoriness.

Matter and Form

Mr. Arnold treated mainly the matter of poetry and it is likely to be said that he didn't pay his attention to the literary form and technique. But it is a great mistake to think that he never paid his attention to it. He didn't content with saying, only that poetry is 'a criticism of life', but added that 'poetry has to be made conformity to the laws of poetic truth and poetic beauty. Truth and seriousness of substance and matter, felicity and perfection of diction and manner, are what constitute a criticism of life made in conformity with the laws of poetic truth and poetic beauty.' (Byron)

And, again, he said in 'the Study of Poetry' : — The superior character of truth and seriousness, in the matter and substance of the best poetry, is inseparable from the superiority of diction and movement making its style and manner. The two superities are closely related, and are in steadfast proportion one to the other. So far as high poetic truth and seriousness are wanting to a poet's matter and substance, so far also, we may be sure, will a high poetic stamp of diction and movement be wanting to his style and manner. In proportion as this high stamp of diction and movement, again, is absent from a poet's style and manner, we shall find, also, that high poetic truth and seriousness are absent from his substance and matter.'

Walter Pater

critical attitude

The view of Mr. Pater about the critical attitude is most clearly set forth in the preface to 'the Renaissance', Therefore, wanting to know his view about the critical attitude, we must read it at first.

In his oppinion, many has attempted on art and poetry to define beauty in the abstract, to express it in the most general terms, to define some universal formula for it. The value of these attempts has most often been in the suggestive and penetrating things said by the way. Such discussions helps us very little to enjoy what has been well done in art or poetry, to discriminate between what is more and what is less excellent in them, or to use words like beauty, excellence, art, poetry, with a more precious meaning than they should otherwise have. Beauty like all other qualities presented to human experience, is relative; and the definition of it becomes unmeaning and useless in proportion to its abstractness. To define beauty, not in the abstract but in the most concrete terms possible, to find not its universal formula, but the formula which express most adequately it is or that special manifestation of it, is the aim of the true student of aesthetics.

We may say, therefore, it is the object aim of all true criticism 'to see the object as in itself it really is,' as Mr. Arnold said.

And its meaning is to know one's own
impression as it really is, to discrimi-
nate it, to realise it distinctly when
we engaged in aesthetic criticism.
'What is this song or picture, this
engaging personality presented in
life or in book to _me_ ? And if so,
what sort or degree of preasure ?
How is my nature modified by
its presence, and under its influ-
ence ? He who answers these
questions is the critic' (The ~~preface~~ to
the _Renaissance_ ')
And if this is the true critic he
has no need to trouble himself
with the abstract question what
beauty is in itself, or what its
exact relation to truth or experience.
He may pass them all by as being,
answerable or not, of no interest to
him.
The aesthetic critic, therefore,

regards all the objects with which
he has to do, all works of art,
and the fairer forms of nature
and human life, as powers or
forces producing pleasurable
sensations, each of more or less
peculiar or unique kind. This
influence he feels, and wishes
to explain, by analysing and
reducing it to its element.

The function of the aesthetic
critic, then, is to distinguish,
to analyse, and separate its
adjuncts, the virtue by which a
picture, a landscape, a fair
personality in life or in book,
produces this special impression
of beauty or pleasure, to what
conditions it is experienced.

And what is important is not
that the critic should possess a
correct abstract definition of beauty

for the intellect, but a certain kind
of temperament, the power of being
moved by the presence of beautiful
objects.

He will remember always that
beauty exists in many forms. To
him all periods, types, schools of
taste, are in themselves equal.
In all ages there have been some
excellent workmen, and some
excellent work done. He must
ask ask always the following questions:
In whom did the stir, the genius, the
sentiment, of the period find itself?
Where was the receptacle of its
refinement, its elevation, its taste?
And he is to elect the highest from
the lawless and examine how much
the excellent is in the writer.

Mr. Pater studied the Renaissance
under such a critical attitude.
That is to say, he felt the virtue of

the poet or the painter at first, and
disengaged it and set it forth at last.
When he gathering all his mind into
one desparate effort to see and
touch of all the things of the world,
he hardly found any time to
make theories about the things he
saw and touched.

What we have to do is to be
forever curiously testing new opi-
nions and courting new impressions,
never acquiescing in a facile orthodity
of Comte, or of Hegel orq his own.

There are many who blame Mr.
Pater as a impressionist. But it
is a great mistake to take him as
a mere impressionist.

He has said that 'it is the duty
of the critic to express of the
impression of the object faithfully.'
It was his starting point to ask,
that what effects do the works

really produce on him.

In these meanings, he is a impressionist that succeed to Sainte-Beuve, but he is greatly different from the impressionists who sets forth their impression disorderly and carelessly. He is a man of acute power of appreciation and large and deep knowledge of art.

'Our education,' says he, 'becomes more complete in proportion as our susceptibility to these impressions is depth and variety.'

Moreover, we must not forget that he did not satisfied with the impression only, but distinguished it, analysed it and separated it from its adjuncts, and then searched the reason and background of the impression.

Indeed, his process has certainly given no despicable results and

207

seldom demonstately failed as
disastronisly as the antecedent rule-
system.

Life and Art

The view of Mr. Pater about life and
art we is most clearly expressed in the
Conclusion of 'the Renaissance'. We will
follow, then, his opinion about art and
life after it.

All things flow and nothing stands.
It can so be said not only on our out-
wards world, but in inward world of
thought and feeling.

'At first sight experience
seems to bury us under a flood
of external objects, pressing upon us
under a flood of with a sharp
and importunate reality, calling
us out of ourselves in a thousand
forms of action. — But when reflexion

begins to play upon those objects they
are dissipated under its influence;
the cohesive force seems suspended
like some stuck of magic; each
object is loosed into a group of impre-
ssions — colour, odour, texture — in
the mind of the observer.'

All things are not secured its
objective existence for man, and they
are only fleeting illusions. It is our
personality that make out those phan-
tasms and illusions. But the
personality itself hinder our commu-
nication with those that we make out
in the world.

Every one of those impressions
is the impression of the individual
in his isolation, each mind keeping
as a solitary prisoner its own
dream of a world.

Analysis goes a step farther
stil, and assures us that those

impressions of the individual mind
to which, for each one of us, experience
dwindles down, are in perpetual
flight; that each of them is limited
by time, and that as time is infi-
nitely divisible, each of them is infinite-
ly divisible also; all that is actual
in it being a single moment, gone
while we try to apprehend it, of
which it may ever be more truly
said that it has ceased to be than
that it is. To such a tremendous
wisp constantly reforming itself on
the stream, to a single sharp
impression, with a sense in it, a
relic more or less fleeting, of such
moments gone by, what is real in
our life fines itself down. It is
with this moment, with the passage
and dissolution of impressions,
images, sensations, that analysis
leaves off—that continual vanish

ing away, that strange, perpetual weaving and unweaving of ourselves.'

The service of philosophy — it was the most important interest in his earliest day — towards the human spirit is to rouse, to startle it to a life of constant and eager observation.

Philosophical theories or ideas, as points of view, instruments of criticism, may help us to gather what might otherwise pass unregarded by us. The theory or idea or system which requires of us the sacrifice of any part of this experience, in consideration of some interest into which we cannot enter, or some abstract theory we have not identified with ourselves, or of what is only conventional, has no real claim upon us.

Not the fruit of experience,

211

but experience itself, is the end of our
life. A counted number of pulse
only is given to us of a variegated,
dramatic life. How may we see
in them all that is to be seen in
them by the finest senses? How
shall we pass most swiftly from
point to point, and be present
always at the forces where the
greatest number of vital forces
unite in their purest energy?

To ask these questions continually,
and in them, is the end of our life.

Still Mr. Pater says in the
high tone that remind us the work
of Greek.

"While all melt under our
feet, we may well grasp at any
exquisite passion, or any contribution
to knowledge that seems by a
lifted horizon to set the spirit
free for a moment, or any

stirring of the sense, strange dyes,
strange colours, and curious ordours,
or work of the artist's hand, or the
face of one's friends. Not to discrimi-
nate every moment some passionate
attitude in those about us, and in
the very brilliancy of their gifts some
tragic dividing of forces on their
ways, is, on this short day frost and
sun, to sleep before evening.'

Mr. Pater as well as Victor Hugo,
admits that ' we are all under the
sentence of death with a sort of
indefinite repreave.'

But this fact don't hint him
self—abandance or seclude from
the world, but make him return
to life with double interest. And
'only be sure it is passion.'

Mr. Pater says about the intense
sense of life which is indespensable
to the experience : — ' It does

213

yield you its fruit of a quickened, multiplied consciousness.

Hereupon, his essay naturally touch to the idea of the art. He writes; — ' Of such wisdom, the poetic passion, the desire of beauty, the love of art for its own sake, has most. For art comes to you proposing frankly to give nothing but the highest quality to your moments as they pass, and simply for those moments' sake.'

Here we find most intimate relation between his philosophy of life and view of art.

The idea of experience for its own sake inevitably lead him to the conception of art for its own sake.

When he said ' every moments some form grows perfect in hand or face; some tone on the hills and the sea is choicer than the rest; some method of passion or insight or intellectual excitement is irresistibly real and attractive to us, — for the moment only, which is lefted unsaid by him is that continuous, perpetual, and higher perfection of form in art.

"To burn with this hard, gemlike flame, to remain this ecstacy, is success in life. And it is the art which which help this success in life. Therefore the wisest among the children of the world spent their interval of repreave of death in art and and song to expa expand that interval and get as many as pulsations as possible into the given time."

Music and the Other Arts

Having each arts its own peculiar domain, we must have a clear apprehension of the opposite principle— that the sensations material of each art brings with it a special phase or quality of beauty, untranslatable into the forms of any other, an order of impressions distinct in kind. For, as art addresses not pure sense, still less the pure intellect, but the "imaginative reason" through the senses, there are differences in kind of the gifts of sense themselves. Each art, therefore, having its own special mode of reaching the imagination, its own special responsibilities to its material'. (The School of Giorgione)

Therefore 'one of the functions of aesthetic criticism is to define these limitations ; to estimate the

degree in which a given work of art
fulfils its responsibilities to its special
material; to note a picture that
true pictorical charm, which is neither
a mere poetical thought or sentiment,
on the one hand, nor a mere result
of communicable technical skill in
colour or design, on the other; to
design in a poem that true poetical
quality, which is neither descriptive
nor meditative merely, but comes
of an inventive handling of rhythmical
language, the elim element of song
in singing; to note in music the
musical charm, that essential music,
which presents no words, no matter
of sentiment or thought, separate
from the special form in which
it is conveyed to us. (The School of Giorgione)

But we must notice that, in its
special mode of handling its
given material, each art aspire

to pass into the condition of some
other art, by what German critic's term
an Anders streben — a partial aliena-
tion from its own limitations.

what is, then, the object of the aspire
and strife?

'All art,' Mr. Pater says solemnly
with a firm conviction, 'constantly
aspires towards the condition of music.'
(The school of Giorgione.)

'For while in all other kinds of
art it is possible to distinguish the
material from the form form, and
the understanding can always make
this distinction, yet it is the constant
effort of art to obligate it. Not
the mere matter of form poem, for
instance, its subject, namely, its
given incidents or situation — that
the mere matter of a picture, the
actual circumstances of an event,
the actual topography of a land

scape — should should be nothing
without the form, the spirit, of the
handling, that this form, this mode
of handling, should penetrate
every part of the matter; this is what
all art constantly strives after and
achieves in different degrees."

Art, then, is thus always striving
to be independent of the mere
intelligence, to become a matter of
pure perfection, to get rid of its
responsibilities to its subjects or
material; the ideal examples of
poetry and painting being those in
which the constituent elements of
the composition are so welded to-
gether, that the material or subject
no longer strikes the intellect only;
nor the form, the eye or the ear
only; but form and matter, in
their union or identity, present
one single effect to the imaginative

219

reason,' that complex faculty for which every thought and feeling is twin-born with its sensible analogue or symbol.

It is the art of music which most completely realise this aesthetic ideal, this perfect identification of matter and form. In its consummate moments, the end is not distinct from the means, the form from the matter, the subject from the expression; they inhere in and completely saturate each other; and to it, therefore, to the condition of its perfect moments, all the arts may be supposed constantly to tend and aspire.

In music, then, rather than in poetry, is to be found the true type or measure of perfected art. Therefore, although each art has its incommunicable element, its untranslatable order of impressions, its unique mode, of reaching the 'imaginative reason', yet the art may be represented as continually struggling after the law or principle of music, to a condition which music alone completely realises; and one of the chief functions of aesthetic criticism, dealing with the products of art, new or art, is to estimate the degree in which each of those products approaches in this sense, to musical law. (The school of Giorgione)

At last, we must explain that what he meant by the word 'music'.

He meant by it nor the systematic music as a sort of art, but the condition of most perfect identification of the form with the matter, and motive with the expression, which the law or principle of music along alone completely realises.

When we take the meaning of the word like this, all the misunder

standings about the music theory of
Mr. Pater will be cleared off.

Prose and Poetry

Since all progress of mind consists
for the most part in differenciation, in
the resolution of an obscure and complex
object into its component aspects, it is
surely the stupidest of loses to confuse
which right reason has put assunder,
to lose the sense of achieved distinc-
tions, the distinction between poetry
and prose, for instance, or, to speak
more exactly, between the laws and
characteristic excellences of verse
and prose composition.

On the other hand, those who
have dwelt most emphatically on
on the distinction and between prose
and verse, prose and poetry, may
tempted to limit the proper functions

of pro prose too narrowly); this again
is a great mistake. Because, we
can find in the poem, amid the flowers,
the allusions, the mixed perspectives,
the thought, the logical structure, and
identify in prose what we call the
poetry, the imaginative prose, and
we must not treat it as out of place
and a kind of vagrant intruder, but
by way of an estimate of its rights, that
is, of its achieved powers, there.

In truth, it is the imaginative
power itself that classify the art.
And by the imaginative power only
we can distinguish the imaginative
art from the art which consists of facts
or groups of facts. (Style)

The imaginative art is an expression
no longer of fact but of the sense of it,
of the artists peculiar intuition of a
world, prospective, or discerned
below the faulty conditions of the present,

in either case changed somewhat from the actual world,' and it 'appeals to the reader to catch the writer's spirit, to think with him.'

'Just in proportion as the writer's aim, consiously or unconsiously, comes to be the transcribing, not of the world, not of the mere fact, but of his sense of it, he becomes an artist, his work fine art; and good art; and good art in proportion to the truth of his presentment of that sense; as in those humbler or plainer functions of literature also, truth — truth to bare fact, there — is the essence of such artistic quality as they may have. Truth; there can be no merit, no craft at all, without that. And further, all beauty is in the long run only fineness of truth, or what we call expression, the finer acco- modation of speach to that vision within.' (Style)

The Two Important Elements of Style ; Mind and Soul.

Mr. Pater thinks that ' the imaginative prose should be the special and important art of the modern world results from two important facts about the latter : first, the caotic variety and complexity of its interests, making the intellectual issue, the real master currents of the present time incalculable; and secondly an all-prevailing naturalism, a curiosity about everything whatever as it really is, involving a certain humility of attitude, cognate to what must, after all be the less ambitious form of literature.' (Style)

And, because of the form of the prose is style, he carefully argues about it.

'The literary artist is of necessary a scholar'. And not only 'in what he proposes to do will have in mind, first of all, the scholar and the scholary conscience,' but he will select his reader from 'the scholar, who to has great experience in literature, and will show no favour to short cuts, or hackeneyed illustration, or an affection of affectation of learning designed for the unlearned.'

He must love words also. And with all the jealousy of a lover of words, he must resist a constant tendency on the part of the majority of those who use them to the distinctions of language, the facility of words often reinforcing in this respect the work of the vulgar. He must study the original and the purest meaning of the words. Not only he must alive to the value of an stmos

atmosphere in which every term
finds its utmost degree of expression,
but drive out the various associations
from the words.' (Style)

In literature, as in every other facts
of human life, self-restraint, a
skillful economy of means too has a
beauty of its own. And the choiced
reader will find ' an aesthetic is
satisfaction in that plugal closeness of
style which makes the most of a word
word, in the exaction from every sen-
tence of a precise relief, in the just
spacing out of word to thought, in
the logically filled space connected
always with the delightful sense of
difficulty overcome.' (Style)

Mr. peter admits that 'the artist may
be known rather by what he omits,'
which Mr. schiller declaired.

'For, in truth, all art does but
consists in the removal of surplusage

from the last finish of the engraver
blowing away the last particle of invisible
dust, back to the earliest divination of
the finished work to be, lying some-
where, according to Michelangelo's fancy,
in the rough hewn block of stone' (Style)
   Contrivance is most important in
style. The literary architecture, if
it is to be rich and expressive, involves
not only forsight of the end in the
begining, but also development or
growth of design, in the process of
execution, with many irregularities,
surprises, and afterthoughts; the
contingent as well as the necessary
being subsumed under the unity of
the whole.
   The literary art being of all the
arts most closely cognate to the
abstract intelligence, it always
requires its logic, its comprehensive
reason — insight, forsight, retrospect.

The logical coherency are evidenced
not merely in the lines of composition
as a whole, but in the choice of a
single word, while it by no means
interferes with, but may even prescribe,
much variety, in the building of the
sentence for instance, or in the manner,
argumentative, descriptive, discursive,
of this or that part or member of the
entire design. We can find, therefore,
the better interest of a narrative or
story in its second reading.

Mr. Pater recognize also that
there are instances of great writers
who have been no artists, an un
conscious tact sometimes directing
work in which we may detect,
very pleasurably, many of the
efforts of conscious art, yet one
of the greatest pleasures of really
good prose literature is in the
critical tracing out of that conscious

artistic structure, and the pervading
sense of it as we read. Yes of
poetic literature too; for, in truth,
the kind of constructive intelligence
here supposed is one of the forms of
the imagination.' (Style)

He explains these facts by
'the special function of mind, in
style.'

'In his opinion,' by mind, the
literary artist reaches us, through
static and objective indications of
design in his work, legible to all.' (Style)

And by soul, the artist reaches us,
somewhat capriciously perhaps,
one and not another, through vagrant
sympathy and a kind of immediate
contact.

'Mind we cannot choose but
approve where we recognize it; soul
may repel us, not because we
understand it.' (Style)

That is, 'Mind' is the intellectual action in style, which select the words and construct the sentence with them, and 'Soul' is the power of individual, the atmosphere that pervade a sentence.

Style, indeed, consists of 'soul' and 'mind'; the power of individual and the action of intellegence.

One Word Theory

The worship of Mr. Flaubert was, also, that of Mr. Pater. Mr. Pater believed that 'there exists but one way of expressing one thing, one word to call it by, one adjective to qualify, one verb to animate it.'

And he cries:— 'The one word for the one thing, the one thought, amid the multitude of words, terms, that might just do: the problem

of style was there! — the unique
word, phrase, sentence, paragraph,
essay or song, absolutely the proper
to the single mental presentation
or vision within.' (Style)

Good Art and Great Art

Crying thus, he recommend the
art of Flaubert and Scott as a good art.
Good art, but not necessarily great.
And the distinction between great art
and good art depending immediatly
not on its form, but on the matter.
'If it (the art) be devoted further
to the increase of men's happiness,
to the redemption of the oppressed, or
the enlargement of new or old truth
about ourselves and our relation to
the world as may ennoble and fortify
is in our sojurn here, or immediatly,
as with Dante, to the glory of God,

it will be also great art) if , over
and above those qualities I summed up
as mind and soul — that colour and
mystic perfume, and that reasonable
structure, it has something of the
soul of humanity in it, and finds
its logical , its architectural place,
in the great structure of human life.'
(Style)

작품 연보³

장르	작 품 명	게 재 지	게 재 일
평론 번역	예술(藝術)과 과학(科學)과 미(美)와 (프란시스 그리슨 作)	『조선일보』	1934. 3. 10~25.
평론	문예비평가(文藝批評家)의 태도(態度)에 대하야	『조선일보』	1934. 4. 21~22.
논문	영어(英語)의 형성(形成)과 그 발달(發達)	『조선일보』	1934. 6. 13~6. 21.
평론	매튜 아놀드의 문예사상(文藝思想) 일고(一考)	『조선중앙일보』	1934. 8. 24~9. 2.
평론 번역	예술(藝術)과 자명(自明)한 것 (올떠쓰 헉쓸리 作)	『조선일보』	1934. 10. 7~13.
평론	예술(藝術)의 순수성(純粹性)	『조선중앙일보』	1934. 10. 26~31.
평론	문예시평(文藝時評) - 나의 비평(批評)의 태도(態度)	『조선일보』	1934. 11. 23~12. 1.
평론	상허(尙虛)의 작품(作品)과 그 예술관(藝術觀)	『개벽(開闢)』, 복간 1권2호	1934. 12. 1.
평론	신춘(新春) 창작(創作) 총평(總評)	『개벽(開闢)』, 복간 2권2호	1935. 3. 1.
평론	페이터의 예술관(藝術觀) - 형식(形式)에의 통론자(痛論者)	『조선중앙일보』	1935. 3. 30~4. 6.
평론	문예시평(文藝時評) - 6月의 평론(評論)	『조선문단』, 4권4호	1935. 7. 1.
평론	표현(表現)과 기술(技術)	『시원(詩苑)』, 1권4호	1935. 8. 1.
수필	구대(九大) 법문학부(法文學部) 정문(正門)의 표정(表情) - 대학(大學) 정문(正門)의 로맨스	『사해공론(四海公論)』, 1권 5호	1935. 9. 1.
평론	작가(作家) · 평가(評家) · 독자(讀者)	『조선일보』	1935. 9. 5~13.

3 본 작품 연보는 기왕에 출간된 『김환태전집』의 연보에 가능한 자료를 최대한 보완
하고자 하였다. 김환태가 직접 쓴 글은 아니지만 설문에 대한 답변이나 좌담에 참석하여
한 말, 눌인에 대한 잡지 기사 등도 편의상 목록에 포함시켰음을 밝힌다. 아울러 눌인의
글로 기록되어 왔던 수필 「군담」은 화가 김환기의 글이므로 삭제하였음을 밝힌다.

장르	작 품 명	게 재 지	게 재 일
평론	생명(生命)·진실(眞實)·상상(想像) - 사실주의(寫實主義)와 이상주의(理想主義)의 진정(眞正)한 이해(理解)를 위(爲)하야	『조선중앙일보』	1935.9.22~27.
평론	사상가(思想家)로서의 톨스토이	『조광(朝光)』, 창간호	1935.11.1.
수필	가을의 감상(感傷)	『조광(朝光)』, 창간호	1935.11.1.
평론	문예시평(文藝時評)	『사해공론(四海公論)』, 1권7호	1935.11.1.
잡지기사	문단소식(文壇消息)	『조광(朝光)』, 1권2호	1935.12.1.
평론	시(詩)와 사상(思想)	『시원(詩苑)』, 1권5호	1935.12.1.
평론	1935年 조선문단(朝鮮文壇) 회고(回顧)	『사해공론(四海公論)』, 1권8호	1935.12.1.
평론	회고(回顧) 을해년(乙亥年) 문단(文壇) 총관(總觀) - 창작계 편(創作界 篇)	『학등(學燈)』, 3권12호	1935.12.15.
평론	예술(藝術)에 있어서의 영향(影響)과 독창(獨創) - 문예시론(文藝時論)	『사해공론(四海公論)』, 2권1호	1936.1.1.
소평(小評)	문인직언록(文人直言錄)	『중앙(中央)』, 4권1호	1936.1.1.
좌담	문단(文壇) 일년(一年)의 총결산(總決算)	『조선중앙일보』	1936.1.3.
평론	2月 창작계(創作界) 개관(槪觀) - 이달의 수확(收穫)은 무엇인가	『조선중앙일보』	1936.2.19~23.
수필	북구산촌(北歐山村)에 피는 엘리와 아르네의 사랑	『조광(朝光)』, 2권4호	1936.4.1.
번역소설	복면(覆面)의 하숙인(下宿人) (코낸 도일 原作)	『조광(朝光)』, 2권4호	1936.4.1.
평론	문예월평(文藝月評) - 비평문학(批評文學)의 확립(確立)을 위하여	『조선중앙일보』	1936.4.12~15.
평론	문예월평(文藝月評) - 창작계(創作界) 수확(收穫)은?	『조선중앙일보』	1936.4.17~23.
설문답변	응접실(應接室) 세장(稅帳)	『사해공론(四海公論)』, 2권5호	1936.5.1.
수필	정체(正體) 모를 그 여인(女人)	『조광(朝光)』, 2권6호	1936.6.1.
평론	극연(劇硏) 第11回 공연(公演)을 보고	『동아일보』	1936.6.4~5.
수필	적성산(赤城山)의 한여름 밤	『조광(朝光)』, 2권7호	1936.7.1.
수필	경도(京都)의 3年	『조광(朝光)』, 2권8호	1936.8.1.

장르	작 품 명	게 재 지	게 재 일
평론	8月 창작평(創作評) - 비평태도(批評態度)에 대(對)한 변석(辨釋)	『조선일보』	1936.8.6~8.
평론	8月 창작평(創作評) - 통속성(通俗性)과 스토리	『조선일보』	1936.8.9.
평론	8月 창작평(創作評) - 심리(心理)의 입체적(立體的) 구도(構圖)	『조선일보』	1936.8.11.
평론	8月 창작평(創作評) - 구상(構想)에 대(對)한 작가(作家)의 고심(苦心)	『조선일보』	1936.8.12.
평론	8月 창작평(創作評) - 신인(新人)의 건전(健全)한 창작정신(創作精神)	『조선일보』	1936.8.13.
평론	작가적(作家的) 훈련(訓練)과 냉정(冷靜)한 응시(凝視)	『조선일보』	1936.8.14.
수필	민중(民衆)의 운명(運命)	『조선일보』	1936.8.29.
수필	헤데와 잉그리드의 운명(運命)	『조광(朝光)』, 2권9호	1936.9.1.
평론	문예시평(文藝時評)	『중앙(中央)』, 4권9호	1936.9.1.
번안 소설	의문(疑問)의 독사사건(毒死事件)	『조광(朝光)』, 2권9호-3권2호	1936.9.1~1937.2.1.
좌담	문예좌담회(文藝座談會)	『신인문학(新人文學)』, 3권4호	1936.10.1.
설문 답변	가을의 탐승처(探勝處)	『조광(朝光)』, 2권1호	1936.10.1.
평론	금년(今年)의 창작계(創作界) 일별(一瞥)	『조광(朝光)』, 2권12호	1936.12.1.
설문 답변	부부(夫婦) 설문(說問)	『여성(女性)』, 1권9호	1936.12.1.
수필	내 소년시절(少年時節)과 소	『조광(朝光)』, 3권1호	1937.1.1.
수필	wife의 인상(印象)	『여성(女性)』, 2권1호	1937.1.1.
평론	동향(動向)없는 문단(文壇) - 진정(眞正)한 동향(動向)의 출현(出現)을 대망(待望)하면서	『사해공론(四海公論)』, 3권2호	1937.2.1.
설문 답변	내 집의 화분(花盆)	『조광(朝光)』, 4권1호	1938.1.1.
수필	마음 속의 영상(影像)	『조광(朝光)』, 4권2호	1938.2.1.
수필	싸움	『여성(女性)』, 3권2호	1938.2.1.
평론	나의 논쟁시대(論爭時代) - 논란(論難) 받은 몇 점의 추억	『조선일보』	1938.2.4.

장르	작품명	게재지	게재일
수필	화분(花盆)	『조광(朝光)』, 4권3호	1938.3.1.
평론	여(余)는 예술지상주의자(藝術至上主義者) - 남도 그렇게 부르고 나도 자처(自處)한다	『조선일보』	1938.3.3.
평론	정지용론(鄭芝溶論)	『삼천리문학(三千里文學)』, 1권2호	1938.4.1.
수필	맘물굿 - 5月의 세레나데	『여성(女性)』, 3권5호	1938.5.1.
설문 답변	설문(說問)	『조광(朝光)』, 4권6호	1938.6.1.
평론	수필(隨筆)·기행집(紀行集) 평(評)	『조선일보』	1938.6.5.
소평	비평문학(批評文學) - 문사(文士) 제씨(諸氏)의 편언집(片言集)	『조광(朝光)』, 4권10호	1938.10.1.
수필	전라도의 혼인식(婚姻式)	『여성(女性)』, 3권11호	1938.11.1.
평론	문학적(文學的) 현실(現實)과 사실(寫實) - 현대비평(現代批評)의 향수적(享受的) 태도(態度)	『조선일보』	1939.1.15~21.
설문 답변	글 읽고 쓰고	『조광(朝光)』, 5권2호	1939.2.1.
평론	외국문인(外國文人)의 제상(諸像) - 내가 영향(影響)받은 외국작가(外國作家)	『조광(朝光)』, 5권3호	1939.3.1.
좌담	남녀지상공격전(男女誌上攻擊戰)	『여성(女性)』, 4권3호	1939.3.1.
수필	가정(家庭) 쟁의(爭議)의 일요일	『조광(朝光)』, 5권4호	1939.4.1.
평론	신진작가(新進作家) A君에게	『조광(朝光)』, 5권5호	1939.5.1.
소평	예츠의 정치시(政治詩)(낙수첩(落穗帖))	『조광(朝光)』, 5권6호	1936.6.1.
평론	시인(詩人) 김상용론(金尙容論)	『문장(文章)』, 1권6호	1939.7.1.
수필	대련(大連) 성포(星浦)	『조광(朝光)』, 5권8호	1939.8.1.
평론	독서여록(讀書餘錄) - 문법상(文法上)의 시형(時形)에 대하여	『문장(文章)』, 1권9호	1939.10.1.
평론	순수시비(純粹是非) - 문예시평(文藝時評)	『문장(文章)』, 1권10호	1939.11.1.
평론	영국(英國)의 대전문학(大戰文學) - 대전(大戰)이 낳은 문학(文學)	『조광(朝光)』, 5권11호	1939.11.1.
수필	축견(畜犬)의 변(辯)	『조광(朝光)』, 5권11호	1939.11.1.

장르	작 품 명	게 재 지	게 재 일
평론	외국문학(外國文學) 전공(專攻)의 변(辯)	『동아일보』	1939.11.19.
평론	포우의 창작방법(創作方法) - 문학(文學)의 몰인격성(沒人格性)과 독립성(獨立性)	『조선일보』	1939.12.28~1940.1.10.
평론	문학(文學)의 성격(性格)과 시대(時代)	『문장(文章)』, 2권1호	1940.1.1.
평론	평단(評壇) 전망(展望)	『조광(朝光)』, 6권1호	1940.1.1.
수필	조선(朝鮮)춤 - 조선(朝鮮) 정조(情調)	『조광(朝光)』, 6권1호	1940.1.1.
평론	랑송 문학사(文學史)의 방법(方法)	『인문평론(人文評論)』, 2권2호	1940.2.1.
수필	유처자(有妻者)와의 사련(邪戀) - 나의 약혼시대(約婚時代)의 도덕	『조광(朝光)』, 6권2호	1940.2.1.
수필	개미	『박문(博文)』, 3권2호	1940.2.1.
수필	5月의 테스	『조광(朝光)』, 6권3호	1940.3.1.
수필	창(窓)	『여성(女性)』, 5권3호	1940.3.1.
평론	2月 창작평(創作評) - 주제(主題)의 선택(選擇)과 응시(凝視)	『문장(文章)』, 2권3호	1940.3.1.
수필	범 얘기	『조광(朝光)』, 6권4호	1940.4.1.
설문 답변	여백문답(餘白問答) I	『조광(朝光)』, 6권5호	1940.5.1.
설문 답변	여백문답(餘白問答) II	『조광(朝光)』, 6권5호	1940.5.1.
평론	북 레뷰 - 신찬(新撰) 시인집(詩人集) (윤곤강 編)	『조선일보』	1940.5.1.
수필	객지(客地)에서 아들에게 보내는 글	『조선명사서한대집(朝鮮名士書翰大輯)』(명성 출판사)	1940.5.10.
설문 답변	여백문답(餘白問答) III	『조광(朝光)』, 6권8호	1940.8.1.

작가 연보[4]

1909년 11월 29일

전라북도 무주군 무주면 읍내리에서 아버지 김종원(金鐘元)과 어머니 고(高)씨의 장남으로 태어남. 호는 눌인(訥人).

1916년 4월

무주보통학교에 입학함. 1921년 3월에 졸업함.

1922년 2월 21일

모친 별세.

4월

전주고보에 입학함. 2학년 때인 1924년 일본인 교사를 몰아내려는 동맹사건의 주모자가 되어 무기정학 처분을 받음. 그 후 무기정학에 대한 해제 조치를 무한정 해주지 않음으로 해서 해를 넘겨 자원 퇴학함. 전고 입퇴학 대장(『전고 북중 80년사』)에는 1926년 7월 15일 '자퇴'로 기록됨.

1926년 4월

보성고보 2학년으로 편입하여 1928년 3월에 졸업함. 편입 당시 보성고보 상급반에는 이상(李箱)이 있었고, 김상용(金尙鎔)이 교사로 재직중이었음.

1928년 4월

일본 교토(京都)의 도시샤(同志社) 대학 예과에 입학함. 이 곳에

---

4 본 작가 연보는 기왕에 출간된 『김환태전집』의 연보를 일부 보완하였다.

서 정지용(鄭芝溶)을 만나 문학적인 친교를 맺게 됨.

1931년 3월

도시샤 대학 예과 3년을 수료하고 후쿠오카(福岡)에 있는 규슈(九州)제국대학 법문학부에 영문전공으로 입학함.

1934년 3월 31일

규슈대학을 졸업함. 졸업식을 앞두고 귀국하여 평론가로 활동하기 시작함. 이 무렵부터 춘원(春園) 이광수(李光洙) 등의 문단 원로들과 교류하게 되었으며, 춘원의 소개로 도산(島山) 안창호(安昌浩)를 만나 자주 그의 훈도를 받음. 이로 인하여 후일 일본 경찰의 감시를 받음.

1935년 직업을 갖지 않고 집필에만 열중하다가 여의전(女醫專) 강사로 나감. 이헌구(李軒求) 등과 각별히 친근하게 지냄.

1936년 3월 12일

'구인회(九人會)'에 가입함. 이 때의 동인은 박팔양(朴八陽), 김상용(金尙鎔), 정지용(鄭芝溶), 이태준(李泰俊), 김기림(金起林), 박태원(朴泰遠), 이상(李箱), 김유정(金裕貞) 등이었음. 이 무렵 도산의 사건에 연루되어 약 1개월간 동대문 경찰서에 수감됨.(『조선중앙일보』 1935. 12. 13~14. 『동아일보』 1935. 12. 30. 기록 참조)

6월 1일

박용철(朴龍喆)의 누이동생 박봉자(朴鳳子)와 결혼함.

1937년 8월 15일

장남 영진(榮珍)이 태어남.

1938년 3월

황해도 재령의 명신중학교 교사로 근무함.

1940년 4월

서울 무학여고 교사로 전임함.

8월 8일

장녀 인자(仁子)가 태어남. 이 무렵 일제의 국어 말살 정책과 함께 친일보국문학이 문단을 휩쓸자 절필하고, 울분의 나날을 보내던 중 건강이 악화되기 시작함.

1943년　11월

무학여고 교사직을 사직한 후 고향 무주로 낙향함.

1944년　5월 26일

향년 35세로 영면, 무주군 무주면 당내리 모시곡 만리치 가족 묘지에 안장됨.